悪夢の絆

ゆめ姫事件帖

和田はつ子

時代小説文庫

角川春樹事務所

目次

第一話　ゆめ姫が夢の中で襲われる

一

上巳《じょうし》の節供《せっく》（三月三日）が近づいていた。江戸市中では如月《きさらぎ》の末頃から雛市《ひないち》が立って、雛人形をはじめとする雛祭りのための諸調度を売る床店《とこみせ》が設けられている。

「是非とも姫様に数々の雛人形をお見せしたい！」

市井で姫と一緒に暮らしている藤尾《ふじお》はふと思いついて、

「姫様、十軒町《じっけんちょう》か尾張町《おわりちょう》に出かけてみませんか？」

雛市見学に誘った。

――姫様は愛らしく美しいものがお好き。少しは姫様のお気が晴れるかもしれない――

毎年日本橋《にほんばし》十軒町と京橋《きょうばし》南尾張町には雛市が立つ。

「さぞかし可愛《かわい》らしく美しいものでしょうね、きっと。でも、わらわは遠慮しておきます。今は雛を愛《め》でる気になどなれません。藤尾一人で行っておいで」

ゆめ姫《ひめ》は浮かない顔で首を左右に振った。このところゆめ姫は重苦しい思いを抱えて気《け》怠《だる》い日々を過ごしていたのである。

「それでは行かせていただきます」

出かけて行った藤尾はこの日帰りが遅く、日暮れて戻ってきた時、手にしていたのは桃の花の付いた枝と組立絵の雛の段飾りと、女雛男雛が浮き上がっている紅白の羊羹《ようかん》であった。


姉が婿《むこ》を取ると決まっていた小さな羊羹屋の娘である藤尾は、器量好《きりようよ》しではなかったので、半ば追い出される形で大奥勤めに出た。大奥では最下層の身分である御末《おすえ》（雑用係）からゆめ姫付きの中臈《ちゅうろう》にまで上る大出世ができたのは、自分の不器量具合を口に出せる持ち前の屈託のない明るさと賢さ、機転の良さに加え、陰日向《かげひなた》のない働きぶりが認められたからであった。

「実はこの家に飾ろうと段飾りの雛を十軒町でもとめたかったのです。尾張町にもいいのがありました。でも、どちらも高くて、わたくしの持ち合わせではとても賄《まかな》いきれませんでした。浦路《うらじ》様にお願いしてみようかとも思ったのですが、余計なことをしたとお叱《しか》りを受け、姫様にお仕えできなくなるかも──。それで仕方なく、芝神明《しばしんめい》の絵草紙《えぞうし》屋へまわってこれをもとめてまいりました」

藤尾は器用な手つきで折り畳んである厚紙を開くと、切り込みを入れたり、折り曲げたりして、あっという間に、両手に載るぐらいの雛人形の段飾りを作り上げた。

「まあ、可愛らしい」

姫が思わず感嘆すると、

「お土産《みやげ》はこれだけではないのです」

藤尾はくすっと笑って、

「途中ひょっこり意外なお方に出会ったのです。桃の花の付いた枝を持っているのが照れ臭いとおっしゃるのでわたくしが引き受けました。その方はこれからおいでです。雛人形より何より姫様のお気を晴らすことになるかも――」

片目をつぶってみせた。

ほどなくやってきたのは池本《いけもと》家の次男信二郎《しんじろう》であった。幼い時、信二郎は我が子を亡くして悲しみの余り、常軌を逸していた女に連れ去られ、長きにわたってこの拐《かど》かしの張本人に育てられた。

その後、自分が家族たちと血縁がないと悟った信二郎は、その家督を義妹夫婦に譲ろうと、戯作者秋本紅葉《げさくしゃあきもとこうよう》として身を立てようとしていたのだが、義妹も婿も流行風邪《はやりかぜ》で亡くなってしまい、後を追うように母親と信じていた拐かし女も病死した。

しかし、鬼籍に入ったものの、己の罪深さゆえに成仏《じょうぶつ》できずにいた拐かし女が、罪滅ぼしのためにゆめ姫の夢に現れ、信二郎と池本家の家族が引き合わせられることになった。

将軍の側用人《そばようにん》である池本方忠《まさただ》が家長である池本家では、奇跡のようなこの再会を喜び、父親の方忠はすぐにも、信二郎を然《しか》るべき役職に就けようとしたのだった。ところが、信二郎はこれを拒み、養家秋月《あきづき》家代々の職である南町奉行所与力《よりき》の役職を継ぎ、八丁堀《はっちょうぼり》の役宅に住み、秋月家の人々の菩提《ぼだい》を弔いつつ、変わらず戯作の仕事も続けていた。

一方、池本家ではそのような間柄に隔たりを感じていて、何かにつけ信二郎を屋敷へ招いている。中でも実の母の亀乃《かめの》は三日にあげず夕餉《ゆうげ》に招こうとしていた。ここまで頻繁だと、戯作者として文机《ふづくえ》に向かう時が無くなるのだと信二郎が言って、池本家での夕餉は七日に一度ぐらいとなっていた。

かつての家族たちとの思い出を胸に秘めている信二郎にとって、新しい真《まこと》の家族とのつきあいには複雑なものがあった。

「池本家の家族は生母上《ははうえ》をはじめ皆優しいし、たいそう気遣ってくれるのもうれしいのですが、正直、なつかしいのは次々に亡くなっていった元の家族の方なのです。両親《ふたおや》を亡くし、兄弟もいないあなたもそうでしょう？　物心ついた頃《ころ》から母と信じていた女《ひと》が、実は打ち首に値する拐かしの罪を犯していたと報《しら》されても、憎む気持ちには到底なれません」

信二郎はゆめ姫が将軍家の姫だなどとは露ほども思っていなかった。父方忠が親しくしていた亡友の娘で、自分同様に両親を亡くして翳《かげ》りのある心を抱えているものと信じていた。それゆえ、わかってくれるものと合点してつい洩《も》らした言葉だった。

「池本の皆様のおかげでわたくしの心にも陽《ひ》が射《さ》すようになりました。特にあの叔母上様《おばうえ》の亀乃様は春の暖かくも有り難い日溜《ひだ》まりのようなお方です。早くに母と死別して何一つ女らしいことの出来なかったわたくしに、掃除や煮炊《にた》き、縫い物等、いろいろ親切にお教えくださいました。いくら感謝しても足りません。大丈夫ですよ、信二郎様、いずれあなたと池本の皆様との間の隔たりは、陽の光の中で溶ける氷のように自然に消えることでしょう。これから積み重ねていく池本家の皆様との時が前の御家族との時と同じように、温かくてなつかしい思い出を作ってくれるはずです。何と言っても、血のつながった御両親様と兄上様なのですから」

そう応《こた》えたゆめ姫がふと目を閉じてみると、目映《まばゆ》い夏の光の中で、半分に割った長い竹の青い輝きが見えた。常にではなかったが、姫は白昼夢を見ることもできる。

斜めに据えてあるその竹の中を汲《く》み立ての井戸水の冷たい勢いに乗って、白く長いものが涼しげにするすると落ちていく。その様子を信二郎を含む池本家の人たちが箸《はし》を片手に見守っていた。

――まあ、素麺《そうめん》。唐辛子《とうがらし》の入った甘辛味が夏の暑さを拭《ぬぐ》い去ってくれるような茄子《なす》の味《み》噌《そ》煮と一緒に、七夕《たなばた》の頃に池本の家でいただいたことがあるわ。わらわや叔母上様だけではなく、じいと嫡男の総一郎《そういちろう》様も夢中で召し上がっていらしたわ。いつか信二郎様もこれに加わるのね、ああ、でも――

「本当に？」

信二郎は念を押してきた。姫が将軍家の姫であるとは知らずとも、白昼夢を含む予知夢を見る力があることは知っている。

「ええ、本当です、大丈夫。皆様ご一緒にきっと末永くお幸せです」

姫は微笑《ほほえ》もうとしたが、こみあげてきた切なさに堪えかねて目を伏せていた。

「でも、今、あなたの顔が束の間《つかま》翳りました。やはり何かあるのでは？」

「いいえ、いいえ」

この時、ゆめ姫は悲しみとも怒りともつかない強い感情ゆえに、くるりと信二郎に背を向けてしまった。

――素麺を囲んで池本のじいたちは楽しく幸せそうだったけど、わらわはいなかった。わらわは家族にはなれないのだわ。だって、いずれはお城に帰らなければいけないのですもの――

ゆめ姫は痛いほどの寂しさを感じた。

けれども、姫が今、鬱々《うつうつ》としているのはそれだけが理由ではなかった。

「母から預かってきました」

信二郎はゆめ姫に上巳の節供の供物を包んだ風呂敷《ふろしき》包みを手渡した。

すでに藤尾の実家《さと》からの雛羊羹は桃の花と一緒に紙の雛段に供えられている。藤尾を呼んで風呂敷を解かせるとさまざまな供物が出てきた。

「まあ、凄《すご》いっ。麦餅《むぎもち》によもぎの草餅、桃の花型や手鞠《てまり》型のお饅頭《まんじゆう》やお干菓子が詰まったお重、炒《い》り豆、それに砂抜きして笊《ざる》に上げた生のハマグリまで」

「あなたのことを娘のように思っている母上が、あれもこれもとそれがしに持たせるのです」

信二郎は照れ臭そうに告げた。

藤尾は亀乃からの供物を、小さい紙の雛段の周囲に所狭しと並べた。その様子はまるで雛祭りではなく、供物祭りといったところであった。

「傷みやすいハマグリはすぐいただかないと。わたくしハマグリの焼き物を拵《こしら》えます」

いそいそとハマグリの載った笊を抱えて立ち上がった藤尾に、

「ハマグリの焼き物の味付けは醬油《しょうゆ》と白牛酪《はくぎゅうらく》（バター）にしてね」

ゆめ姫は一声かけるのを忘れなかった。

二

「ほう、白牛酪とは珍しい」

信二郎は目を瞠《みは》り、

「ここにおいでになる方からの貴重ないただきものです」

姫はさらりと躱《かわ》した。

長寿を心がけてきたゆめ姫の父将軍は、滋養強壮のために牛を飼育して白牛酪を作らせていた。労咳《ろうがい》（結核）や虚弱体質への効能が謳《うた》われ、当初は将軍だけが食していたものだが、今ではかなり値は張るものの市井の者でも入手できる。

七輪《しちりん》に丸網を渡して焼き、醬油を垂らして食べるハマグリの焼き物の上でこれを溶かすと、焼きハマグリが極上の美味に変わる。この味を姫は幼い頃から味わってきていた。

藤尾が下がったところで、

「実はこれもあるのです」

信二郎は何やら重たげに見えていた両袖《そで》から白い陶製の瓶を二本取りだした。

「それは白酒《しろざけ》ですね」

――上巳の節供は皆この白酒飲みが楽しみで、〝この時ばかりは大奥にお仕えしていてよかったと思うわ。だって、朝早くから並ばないと買えないほど人気のある豊島屋《としまや》の白酒が好きなだけ飲めるのですもの〟と、御末たちが話しているのを耳にしたことがある――

「母上が鎌倉河岸《かまくらがし》の豊島屋に頼んでおいたものです。節供ですからあなたにと――」

「まあ、叔母上様がわたくしに――。でも、わたくしはお酒はあまり――」

大奥では御台所《みだいどころ》をはじめとする身分の高い女人は、酒は盃《さかずき》に口をつける程度に嗜《たしな》むのが良きこととされていた。

それと以前、市井に出て日も浅い頃、酒に慣れていない姫はつい飲み過ぎて倒れたこともあった。

「豊島屋の酒は山川酒《やまかわざけ》とも言われています。この謂《い》われを御存じですか？」

「いいえ」

「ではお話ししましょう。豊島屋の初代十右衛門《じゅうえもん》の夢に内裏雛《だいり》が現れて、白酒の造り方を伝授したというのです。夢の中で、その内裏雛はいつしか山から流れる川の水飛沫《しぶき》に変わって、泡立って白く見えたとのことです」

「それで山川酒なのですね」

「せっかくの母上の心配りです。まあ、一つ──」

信二郎は懐から塗りの盃を二つ出して、一つを姫に渡すと白酒の瓶の蓋《ふた》を取って注《つ》いだ。

「いただきます」

盃を啜《すす》った姫は、

「まあ、何って甘くて美味《おい》しいのでしょう」

ふうとため息をついた。

──そうそう、この味だったわ。毎年、大奥での上巳の節供の折、盃に口をつけるだけで後は我慢するのがどれだけ辛《つら》いことだったか──

「それがしもいただきます」

自分も盃を飲み干した信二郎は、

「美味《うま》い。白酒を女酒だと決めつけてほしくなどないな。さあ、もう一杯いきましょう」

また姫の盃に白酒の瓶を傾けた。

「でも女の酔っ払いは見苦しいでしょうから」

ゆめ姫が困惑気味に首を横に振りかけると、

「白酒についてはこんな川柳《せんりゅう》があります。〝雛祭り皆ちっぽけなくだを巻き〟。ここでの皆は雛祭りを愛でる女たちのことですよ。女たちは白酒の力を借りて、日頃の鬱憤や憤懣《ふんまん》を晴らしているのでしょうが、滅多にないことだけに始終酔い続けて絡んだり、暴れたりする男の酔っ払いよりずっと可愛いものだと詠《よ》んでいて、これはとてもいい川柳だと思います。どうです、束の間、あなたも白酒を飲む女たちの仲間入りをしませんか？　それがしは男ですがお相手します。何よりこの白酒が勢いよく山間《やまあい》を流れる川の水飛沫《しぶき》のようだと言うのなら、今ここでそれがしたちの鬱憤を吐き出させてくれるかもしれません」

信二郎は立て続けに自分の盃に注いだ酒を呷《あお》った。

「もしや、あの一件のことをあなたはおっしゃっているのでは？」

姫は思わず信二郎を見つめた。

「あれほど自分の無力さに腹が立ったことはありませんでした。本来それがしたち奉行所はあなたの夢力に頼ることなく、下手人を縛《ばく》に就かせるのがお役目なのですから――」

「いいえ、わたくしの夢の力が及ばなかったのです」

知らずとゆめ姫は盃を空にしていた。

「それにしてもあまりに無残な酷《むご》い結末でした」

信二郎は姫の盃に酒を注ぎ、

「掠《さら》われて命を取られたのがいたいけな子どもでしたもの――」

姫の方も、信二郎が手にしていた白酒の瓶を取り上げて相手の盃をなみなみと満たしていた。

その悪夢のような拐かしは前の年の師走《しわす》に起きた。市中一の富裕者である両替屋盛田屋《もりたや》の一人息子金平《きんぺい》が拐かされたのであった。

拐かしとわかったのは千両の身代金の要求があったゆえであったが、いざ、その千両箱を指定の場所に届けてみれば、子どもの姿はもとより下手人は影も形もなかった。

諦《あきら》めていた矢先にやっと出来た跡取り息子とあって、その身を案じる余り、眠ることさえ出来なくなった盛田屋の主《あるじ》夫婦は揃《そろ》って奉行所に日参した。そのたびに少なくない金子《きんす》を持参して、昼も夜も探索を止めるな、役人と名のつく者は全員が金平探しに当たれというう促しであった。もちろん、年番与力をはじめとする奉行所役人たちだけにではなく、奉行、さらなる上役の手にも金子を渡すべく、夫婦は武家屋敷を駆け回った。

子どもに危険が及びかねないと判断して、信二郎は止めようとしたが、夫婦は聞き入れず瓦版《かわらばん》に百両の懸賞金を掲げさせることもした。欲に目が眩《くら》んだ者たちが居場所や見かけた際の様子だと言って瓦版屋を経て盛田屋まで伝えてきたが、これらはどれも日々、瓦版のネタになっただけの与太話にすぎなかった。

しかし、明らかに捏造《ねつぞう》とわかっていても、奉行所役人たちは寝ている者を叩《たた》き起こしてまでこれらを調べた。そうしないと盛田屋夫婦が奉行所の怠慢を瓦版で訴えかねなかったからである。夫婦の金に飽かしての息子探しはまさに狂気に分け入った感があった。

〝これはわたくしどもの商いを妬《ねた》む同業の者の仕業です〟と主が言い出して、市中の両替屋全《すべ》てが集められて厳しい詮議《せんぎ》を受けるに到《いた》ったこともあった。お内儀が〝跡継ぎに出来ない親戚《しんせき》たちの妬みかもしれません〟と言えば、血縁者だというのにその親族の一家全員が縄を打たれたこともあった。金平が生まれなければその親戚の次男が、盛田屋の養子になる約束が出来ていたからであった。入牢《じゅろう》となったが、一家が赦《ゆる》されたのは家中をくまなく調べて、どこにも金平がいなかったことに加えて、拐かしのあった日、上方《かみがた》から訪れた商い相手を泊めていて、その者から間違いなく家族全員と一緒だったという、証《あかし》の言葉が聞けたからであった。

親しい飛脚を走らせて上方の商い相手に証を取ったのは信二郎であった。

「息子の行方《ゆくえ》や命を案じるゆえとはいえ、盛田屋夫婦の言動は八つ当たりに近いものがあります。そして奉行所の役人たちは疲れ切っています。それがしが今何より怖《おそ》れているのは、罪のない者がお縄にされて責め詮議の挙げ句、偽りの口書《くちがき》に爪印させられて首を落とされることなのです。もはやあなただけが頼りです、お願いします」

このような状況の中で信二郎は日参してゆめ姫の夢を当てにしていた。

ところが姫の見る夢は女が典雅に舞を踊る姿ばかりが続いた。ただし、見えているのは帯から下だけであった。

「いったいどんなものを着ているのです?」

信二郎は着物から夢に現れる主を割りだそうとしていた。

姫の夢の中で舞手が着ている着物はいつも絵柄が違っていて艶《あで》やかだった。

「それではまるで美女三千人と言われている大奥の御台所様や御側室の方々のようではありませんか」

信二郎の口から出た大奥という言葉にゆめ姫はぎくりとして、次の言葉を喉《のど》の奥に呑《の》み込んだ。

――大奥ではあそこまで鮮やかな色使いのものは着ないわ――

「遊女や芸者衆かもしれませんね」

信二郎は他の役人たちと一緒に吉原《よしわら》等の遊郭や日本橋、深川《ふかがわ》等の置き屋を調べ尽くしたが徒労に終わった。

姫は何とか的を射た夢を見なければと思い詰めていたが、舞手の足元に見えたのはちゅうちゅうと鳴きながら、ちょろちょろと走りまわる鼠《ねずみ》たちだった。

――どういうことなのか、まるでわからない――

これを告げられた信二郎も、

「鼠ですか――」

失望を隠せない表情だった。

おぞましくも悲惨な夢がこの後に続いた。

姫の夢の中で変わらず鼠が鳴いて動きまわっている。

――舞手の着物の派手さに目を奪われていたけれどここは薄暗いところ、土蔵の中なのかもしれない――

目が慣れてくると、ある程度の大きさのある木箱が壁に立て掛けられてずらりと並んでいるのが見えた。

三

——これは——

木箱の上に貼られているのは虎《とら》を模した猛々《たけだけ》しい猫の絵だった。

——大奥の人形を入れてしまっておく木箱にも貼《は》られていた。幼かったわらわが怖がると、〝これは何でも、人形の顔や髪、着物などまでも齧《かじ》って食べてしまう鼠除《よ》けの猫絵でございます〟と大奥を束ねる浦路が教えてくれた。もしかして、この木箱には人形が入っているのかもしれない。そしてこの大きさならば金平のような幼い子でも入ることができる——

姫は息を詰めながら箱の蓋を開けていった。

中身が大きな市松《いちまつ》人形だとわかるとほっとした。雛人形は母親の実家《さと》が贈り、市松人形は父親の実家から贈られて、上巳の節供には一緒に賑《にぎ》やかに飾られることが多かった。

何枚目かの虎似の猫の絵を外したとたん、木箱の中からきいきいとかしましく鳴く何匹もの鼠の声がした。明らかに舞手の足元に居た時よりも強い鳴き声だった。

——ここが鼠の巣？——

一瞬、姫はたじろいだが思い切って蓋を開けた。反射的に後ずさったのは今まで目にしたことのない、想像を絶する光景だったからである。

強い異臭がしている。

蓋が開けられたというのに驚いて逃げ出す鼠は一匹もいない。血まみれの鼠たちが木箱から溢《あふ》れるほど集まっていた。

ゆめ姫は咄嗟《とっさ》に鼠たちに向かっていった。数え切れないほどの鼠を摘まんで投げつけて捨てていった。中には敵意剝《む》きだしの鼠がいて姫の指に鋭い歯で嚙《か》み付いてくる。そのたびに激痛が走った。けれども止《や》める気にはなれず、鼠を取り除き続けると、まだ折り重なっている鼠たちの間から齧られ尽くしかけている、くの字に曲げられた小さな骸《むくろ》がやっと見えてきた。

姫は幼子の血肉を食らい続けている鼠たちを始末していく。最後の一匹は守り袋を口から離さずにいて、姫の手で摘まみ上げられて宙づりになった。その守り袋を満身の力をこめて鼠から取り上げ、中を検《あらた》めると以下のような文字が書かれている折り畳んだ紙が見つかった。

盛田屋金平　五歳

この夢から醒《さ》めた時、鼠を骸からはがしては捨てたゆめ姫の両手の指先が、傷もなく血も出ていないのにずきずきと痛んでいた。

――これはもう間違いないわ――

金平の死をたまらない思いで確信し、姫はこの夢を信二郎に伝えた。信二郎はすぐに市中にある人形屋の土蔵を軒並み調べさせた。しかしどこの土蔵からも金平の骸は見つからなかった。

跡取り息子が生きていると信じたい盛田屋夫婦には報せずにいたが、奉行所役人の動きを見張っていた瓦版屋に知られてしまい、〃とうとう夢占いにまで頼るようになって負けを増やしたお上の体たらく、ここに極まれり〃とさらに奉行所は叩かれた。年が明ければ稼ぎ時の上巳の節供近しとあって、役人に土蔵を調べられた人形屋の纏《まと》め役が、〃もはや人形は厄を祓《はら》うだけではなく、美しき夢を見せるものゆえこのようなことで味噌をつけられては困る〃と瓦版に滅多にない文句を寄せた。

「わたくしの夢がお役に立たず申し訳ありません」

落ち込んで詫《わ》びる姫を、

「あなたのせいではありません」

信二郎が慰めた後五日も経て、やっと真相につながる夢を姫は見た。

骸を見つける夢はもう沢山だと思っていたゆめ姫だったが、幸いにもその夢は何度も見ている舞手のものだった。

舞手はいつものような様子とは違い、赤い袴《はかま》を着けている。前には見えなかった後ろ姿の上半身は白い直垂《ひたたれ》だった。

舞手の後ろ姿ではあったが初めて上半身が見えた。頭に高さのある烏帽子《えぼし》を被《かぶ》っていた。

――まるでお公家《くげ》さんのようだけれど――

この時〃しずやしず、しずのをだまき繰り返し――〃というやや太めの唄《うた》う声が聞こえた。

——これは白拍子《しらびょうし》（遊女）だった静御前《しずかごぜん》、幕府が鎌倉にあった頃、悲しい定めに翻弄《ほんろう》された女人だわ——

美貌《びぼう》で知られた遊女の静御前は源義経《みなもとのよしつね》の想《おも》い女《びと》であった。義経は兄頼朝《よりとも》に謀反《むほん》を疑われ命を落とす悲劇の武将である。踊りの名手の静御前は追われる義経と吉野《よしの》で別れた後、捕まって頼朝の元へ送られ詮議を受ける折、愛する義経へ想いを馳《は》せながら舞を披露したと言われている。

急ぎ姫はこの夢を文《ふみ》に書いて信二郎まで使いを走らせた。

信二郎は静御前とさまざまな絵柄の着物、そして、市松人形が佐野川市松《さのがわいちまつ》という、かつて江戸一の人気を誇った類《たぐ》い稀《まれ》な美貌の歌舞伎《かぶき》役者を模して売り出されたものだったということから下手人を推して探し出した。信二郎は戯作者というもう一つの仕事柄、歌舞伎役者や歌舞伎小屋にも通じていたので、あっという間に下手人に行き着いたのである。

下手人は元は山本松之丞《やまもとまつのじょう》と名乗っていた芝居小屋の下働きであった。才を認められながらまだ駆け出しで、これからという時に、松之丞は火事に遭《あ》って顔面が焼けただれてしまい、芸もさることながら、まずは顔が命である役者の道を断念するほかなかった。あてはまったくなかったが、日に日に仲間の態度がよそよそしくなる山本座から姿を消した。そんな事情の松之丞が雨露凌《しの》げずにいるのを見かけた中村座《なかむらざ》の座主が、このまま物乞《ものご》いになるのでは哀れすぎると、自分のところの役者たちの世話をする役目で雇い、使っていない土蔵に起居させていた。

お縄になった松之丞は捕り方の役人に醜い火傷《やけど》の痕《あと》を隠していた被り物を剝《は》ぎ取られると、

「中村座の旦那《だんな》には恩を受けましたが、皆があたしを化け物のように見る目がたまりませんでした。猫撫《ねこな》で声の同情の言葉も。そして、どうしても役者の道が諦めきれず、唸《うな》るほど金のあるはずの盛田屋の倅《せがれ》を拐かして、大金を作って顔を治してもらう目論《もくろ》みを思いついたんです。千両箱を持って来いと言いながら、取りに行かなかったのは、もうそんなものどうでもよくなったからです。顔を治せるなんて話がそもそも出任せでした。長崎《ながさき》にどんな酷《ひど》い面相でも当世きっての男前にできる南蛮人《なんばんじん》の医者がいるなんて話、その場限りの酒の席のものだったんです。〝廻船《かいせん》問屋に奉公してあちこち行ってるもんだから、ついつい大きなことを言っちまうんだよ、悪気はなかった許してくれ〟って、その男は言ってました。本気にしたあたしが馬鹿でした」

まずはさめざめと泣いて先を続けた。

「それから何だか心のタガが外れてしまいました。生きている気がしなくなりました。自分が役者だった頃を思い出してる時だけが救いでした。日々、中村座の衣装箱から舞台で着るものを漁《あさ》って、土蔵に持ち帰って着て、ここは舞台だと自分に言い聞かせて踊ってました。その時だけが幸せでしたね。放《ほう》りっぱなしの土蔵は鼠が多くてね、鼠たちのちゅうちゅう鳴く声がお客さんの歓声のようにも聞こえました」

ここで役人の一人が拐かした子どもを手にかけた理由の念押しをした。

「顔を見られていたからだろう？」

「それは違います。あたしの最高の舞台は〝義経永遠の別れ〟という演目でした。義経への想いを貫いた絶世の美女静御前のお話です。あたしは緋色《ひいろ》の袴と水干《すいかん》（装束の一種）で烏帽子を被った白拍子姿で舞台に立つんです。顔を綺麗《きれい》に治したら土蔵の舞台でもこれをやろうと思っていたんです。でも顔は治せない、化け物のまま──。それで化け物の静御前にふさわしい筋書きを考えたんです。静御前は義経の子を身籠《みご》もっていましたが、生まれた子は頼朝に殺されてしまいます。宿敵平清盛《たいらのきよもり》が恩情をかけて命が助けられたばかりに、長じて頼朝は平氏を討ち果たすことができたわけですから、どんなに切々と静御前が命乞いをしても冷たく突き放して子の命を奪ったのです。愛《いと》しい男との子を殺された静御前がいたく悲しみ、怒り、恨みの権化となって化け物になっても少しもおかしくはないのです。このあたしの顔のようにね。盛田屋の倅は殺されなければなりませんでした。なので首を絞めたのです」

　松之丞は焼けただれて引き攣《つ》った顔で満足そうに微笑んだ。

　奉行所では盛田屋夫婦の心情と自分たちへの圧力を考え併せて、この松之丞を年が明ける前に打ち首の上獄門とした。最後まで松之丞は笑う悪鬼のようだったという。

　しかし夫婦はすでに中村座の土蔵で見つかった金平の骸を見せられていた。

　夫婦はこの時一瞬にして髪が真っ白になり、お内儀は終日金平、金平と息子の名をぶつぶつと呟《つぶや》きながら、我が子の代わりに枕《まくら》を抱きしめ、寝たり起きたりの暮らしぶりだという。もちろん獄門台に晒《さら》されている松之丞の首を見に行く気力などあろうはずもなかった。

主の方は獄門台の松之丞を見て以来、

「これで仕舞いなのか、これで金平は浮かばれるというのか」

と叫ぶのが口癖となり、番頭たちの力を頼んでかろうじて商いを続けているものの、ここ一番という取り引きの時などに、

「これで仕舞いなのか――」

が始まり、次にはふーっと呆《ほう》けた表情になることが多く、盛田屋の勢いは以前とは比べようもなくなりつつある。

四

「あまりに誰にも救いがなさすぎました」

ゆめ姫は無残すぎた金平の骸を思い出すまいとしてきたが、ことある毎《ごと》に目の前にちらついた。実際には夢の中でのように市松人形用の木箱が幾つもあったわけではなく、松之丞が起居していた使われていない中村座の土蔵に、松之丞が持ち込んだ長持《ながもち》がぽつんと一つあって、鼠に食い荒らされた金平の骸が見つかったのだったが、それもまた夢の中の惨事同様たまらなかった。

それゆえ姫は市松人形が雛人形と共に飾られる上巳の節供が近づくにつれて、一層気持ちが落ち込む日々を過ごしてきたのであった。

――越前《えちぜん》があのようにしようとするのは、今のわらわのような気持ちを積み重ねていたからかもしれない――

越前とは八代有徳院《ゆうとくいん》（徳川吉宗《とくがわよしむね》）の治世で名奉行と謳われた大岡越前守忠相《おおおかえちぜんのかみただすけ》である。ゆめ姫の夢に現れた大岡は巷間《こうかん》に伝えられてきたような、〝やむにやまれず罪を犯した者には恩情をかけ、強欲の限りを尽くす悪党を厳しく取り締まった〟という自身の人間像を否定した。〝罪を憎んで人を憎まず〟のようなわかりやすい考えの持ち主でもなかった。

霊となっている大岡は現世で自分のやり残したことは、犯す罪を事が起こる前に止めることなのだと言い切った。そして先が見える霊の自分に出来ることとして、確実に人殺し等の大罪を犯す者の心を操って、殺しに及ぶ前に自害させたり、事故に遭わせたりした。それこそまごうかたない正義だと主張した。

姫の前に現れたのは、生きながらにして夢で先が見える力を貸してほしい、自分と一緒に下手人となる者の先を封じようという誘いのためであった。

この時、姫はどんな大義のためでも、人が人を殺す手伝いはできないと断った。その思いは変わらずにきたが、今、このような酷い現実に行き当たると、

――わらわが卑劣な下手人は罪を犯す前に殺すべきだという越前の考えを受け容《い》れていれば、子どもがあのような目に遭う前に、心が歪《ゆが》んでしまった松之丞が犯すであろう、卑劣で残忍なことを前もって夢で知り、起きる前に子どもを助けられたかもしれない。越前は間違っていないのかも――

ゆめ姫は大岡越前とのことは省いてこの思いだけを信二郎に告げた。

「実はわたくしは今までお上の御定法《ごじょうほう》をもっともだとは思えず、どんな事情でも命は奪われるべきではないと思っていました。たとえ人を殺した重罪人にしても火刑にされたり、首を刎《は》ねられるのではなく、仏門に入るなどして生涯をかけ厳しく我が身を責めて償うのがよろしいのだと。でも、今度のことで少し気持ちが揺らいでいます。わたくしがもし、死をもって償う刑罰をもっともだと思っていれば、もっと前に松之丞が犯す夢が見えて、金平ちゃんの命は奪われずに済んだかもしれないからです」

「あなたの気持ちはよくわかります。それがしも御定法は少々厳しすぎると思っていますから。けれども何人も人を殺《あや》めるような輩《やから》は、こちらが生きて償わせようとしても、後悔や善なる気持ちは育たず、当人が生きて苦しむだけならまだしも、またぞろ罪のない人たちが巻き添えにされてしまいます。この手の罪人を極刑に処するのは致し方のないことです。それに、あなたが罪をまだ犯していない松之丞の先へ行って犯す罪の夢を見たとして、いったいどうなさるというのです?」

まさか、大岡越前の霊のように心を操って自害させるのだとは言えず、

「わかりません」

姫は伏し目になり、

「あなたの優しすぎる心が疲れているのだと思います。それがしはあなたほど優しくはないが、さまざまな人たちの生き様を書くのが戯作者なので、幼くして命を奪われた金平の

ことは言うまでもなく、盛田屋夫婦の悲しい行く末を思うとたまりません。大きな声では言えないことですが、顔の美しさを失った松之丞が心を狂わせた挙げ句、悪鬼になった理《わ》由《け》もわからないではありません」

信二郎は声を震わせた。

「それは真実《まこと》ですか？」

ゆめ姫は目を上げた。

「もっと飲みましょう。今日はあなたと一緒にずっと飲んで、胸に溜まっていたものを吐き出したい気分です」

「わたくしもです」

気がつくと、白酒の瓶は空になっていた。

姫は白酒のせいもあったが頬《ほお》が赤かった。

するとそこへ何より、美味しそうな匂《にお》いが漂ってきた。

「ひ、ひ、い、いや、ゆめ様ぁ」

障子の向こうでは藤尾が、信二郎がいるのを忘れてうっかり、ゆめ姫を姫様と呼びそうになった。

「どうしました？」

姫が立ち上がって障子を開けると、

「ハマグリが焼けました」

告げた藤尾は焼きたてのハマグリの皿と箸の載った盆を掲げ持っていた。

「味はどうでした？」

ゆめ姫は市井で一緒に住むようになってから、藤尾の残念な点がたいした食いしん坊であることだと気がついていた。人が見ていない時に限ってなのだが、お味見という言い訳では通らないほど堪能する盗み食いをどうしても止《や》められない。

「わたくし、醬油と白牛酪の取り合わせがこれほどハマグリに合うとは思いませんでした。こんなことならもっと早くに――」

この取り合わせでハマグリを食べるのは大奥広しといえども、父将軍とゆめ姫の二人だけであった。ちなみに他の大奥の女人たちは醬油色の牛の角が生えてくると懸念し怖れて試さない。さしもの藤尾もそれに倣っていた。

ハマグリの時季になると、父将軍は大奥で寛《くつろ》ぐことが多くなり、ゆめ姫を呼び出しては、一緒に醬油と白牛酪が混じり合ったハマグリの身だけではなく、貝殻に残ったつゆまで残らず啜る。姫が幼かった頃は父将軍の膝《ひざ》の上でこれを食した。

――わらわがいないハマグリの時季を父上はどうされているのだろう？　お一人でも召し上がってはいるでしょうけれど――

ゆめ姫の脳裡《のうり》に父将軍のことがよぎった。

ハマグリが父将軍の自分に向ける笑顔と愛情を思い出させてくれたことで、姫は多少心が安らぐのを感じた。

――そうは言っても、御定法は御先祖様や父上様がお決めになってきたことなのだけれど――

　ともあれ、今はその複雑怪奇で深すぎる政《まつりごと》の矛盾には目を瞑《つぶ》りたい心境であった。

「あまりに美味でそろそろ八ツ時（午後二時頃）でしたので、つい一つのつもりが、二つに――。十個いただいたハマグリが八個になってしまって――申しわけございません」

　藤尾は、廊下に正座して盆を掲げつつ目一杯頭を下げた。

「残りは八個、八は末広がりのいい数ですよ」

　ゆめ姫は微笑みながらその盆を受け取って藤尾を下がらせた。

「白酒の濃厚な旨味《うまみ》と甘味に醬油と白牛酪味のハマグリは合いそうですね。どっちも負けず劣らず持ち味が強いですから」

　信二郎はもう一本の白酒の瓶を開けた。

　それから夕方まで姫と信二郎は胸に溜まっていた惨事への思いを、極上の焼きハマグリで白酒を飲みつつ互いに吐き出し合った。

「たぶん、こういうのを愚痴の言い合いというのでしょうね。あるいは女々《めめ》しいとも。池本の父上が知ったら武士にあるまじきことだと叱られそうだ」

　信二郎は明るい声で言った。

「わたくしも決してもうあのことについては口に出すまいと思っていました。これには黙って耐えて乗り切らなくてはいけないのだと、ずっと自分に言い聞かせてきたのです」

「辛くありませんでしたか？」

「夢を見るのさえ怖くなりました。土蔵には決して近づきたくありませんし、人形と名のつくものは市松でない雛でも武者でも、嫌いになりそうでした。あと歌舞伎役者や歌舞伎も――前は大好きだったのに――」

「それがしも実はしばらく戯作の仕事がはかどりませんでした。どうにも手につかなくて、正直苦しかった。けれどふと思い当たったのです。今までそれがしは歌舞伎の筋立てと、それに見合う役者のことしか頭になかったのだと。役者たちの見てくれと芸しか見ていなかった。けれど今回のことで役者が役者でいることの大変さがわかりました。どんなに人気のある役者でも、いつ、あの松之丞のように役者の命である顔や声、手足を痛めて、踊りの技を失わないとも限らないのだと。自分だけではない、人の身すぎ世すぎの難しさにも目を向けたいと思うようになりました。生き甲斐《がい》の全てを失《な》くしたような盛田屋には、金だけで人は生きられないのだと教えられたようなものです」

――信二郎様もわらわと同様お辛かったのだわ。でも、その辛さを学びだと捉《とら》えて前に進もうとしておいでなのだ。わらわも見倣わねば――

この時、姫はもう夢を見るのが怖いとは思うまいと心に決めた。

――どんな苛酷《かこく》な夢であっても、その夢がわらわに人や人の世の真実を教えてくれているのだから――

そしてこれほど信二郎と打ち解け合ったことなど今までになかったとゆめ姫は温かく感

じ入った。

五

——わっ、あこがれのおちゃっぴい姿じゃないっ。ありがとう、藤尾、古着屋とやらでもとめてきてくれたのね——

ゆめ姫はうれしくてならず、鏡台に映っている自分の姿を見つめた。

遊女のお茶ひきが元になっているおちゃっぴいは、暇を持て余しているそこそこ裕福な娘たちのことであった。たいていが群れているおちゃっぴいたちは何か面白いこと、楽しいことがないかと興味津々、市中を元気にうろつく。行動は美男の役者や若く勇敢な火消し等の追っかけが多かったが、中には頭が切れて口八丁な者もいて、迂闊《うかつ》に声をかけると逆にやり込められたりした。

姫は以前からこのおちゃっぴいのいでたちに憧《あこが》れていた。おちゃっぴいたちが目指しているのは、茶系の縞《しま》の単衣《ひとえ》に黒地の縞帯、縞と縞を合わせる妙味、袖口と裾《すそ》からちらりと覗《のぞ》く赤い繻袢《じゆばん》だの、ことさら素足が際立つやや高めの黒い下駄だのが似合う粋《いき》な女であった。四季を通じてこうした渋みのある様子を続ける。

——ああ、でも困るわ、将軍家の姫であっても、おちゃっぴいの頭《かしら》が務まるとは限らない。わらわにみんなを率いる力なんてあるのかしら——

粋筋の女を真似《まね》たこのいでたちは、おちゃっぴいたちの全部が似合うわけではなかったが、頭と仰がれる当人はこれがぴたりと嵌《はま》った。知力、容姿、時にはごろつきたちを退《ひ》かせる喧嘩《けんか》力にも優れていなければこのいでたちは着こなせるものではなかった。――薙刀《なぎなた》のお稽古《けいこ》はしたことがあるけれど、おちゃっぴいには薙刀は不似合いよね。だとしたら、もしかしてこれは――

〃藤尾、藤尾〃

姫は呼んだが返ってくる応えは無かった。ここでゆめ姫はこれは夢なのだとやっとわかった。

次に姫は鮮やかな牡丹《ぼたん》色の地に緑の竹柄が染められていて、赤い裏地が裾から見えるように仕立てられた振袖を着ていた。冬の寒さに耐えて育つ竹は、梅や松と並ぶめでたい文様であり、四季を通じて緑を保つことも あって貞節の象徴でもあった。

――何だ、夢の中とはいえまた大奥に帰らされたのね。それにしてもこの牡丹色の地に大きな竹柄の取り合わせ、ちょっと派手すぎて品がないわ――

ともあれ、ゆめ姫は大奥総取締役で教育係である浦路を待った。

〃あたしたち逃げなきゃ、駄目よ〃

気がつくと隣りにさっきまで姫の着ていたおちゃっぴいの一揃いを身につけた娘がいた。

――これがおちゃっぴいの頭？――

泣き黒子《ぼくろ》が印象的な気の弱そうな娘に見えた。

〃しっかりするのよ、こんなとこにいちゃ駄目〃

強い言葉に似合わず相手はぶるぶると震えている。

――しっかりしてほしいのはそっちの方でしょうに――

そう思ったとたん、二人とも縄でぐるぐる巻きに縛られていた。

腰高障子《こしだかしょうじ》の軋《きし》む音がして、男が一人入ってきた。何やら香ばしさと甘さが混じり合った袋を手にしている。十手《じって》の赤い房が腰で揺れている。四十歳前後に見えたが、

――あら――

何より驚いたのは信二郎に瓜《うり》二つだったことである。

――年月を経た信二郎様？　でも――

ひどく老けているだけではなく、ある種の冷酷な獰猛《どうもう》さを痩《や》せて尖《とが》りすぎた顎《あご》に秘めている。

〝そうだったな、おめえらだったたな〟

男はふんと鼻で笑いながら、二人の顔に手燭《てしょく》の灯を近づけた。

〝三楽亭真朝《さんらくていしんちょう》、顔もよければ噺《はなし》も上手《うま》いってえ評判だが、そんな奴《やつ》の噺を聴きに行って俺《おれ》と出くわしたのはちょいとばかり運が悪かったな。いいか、ここんところ、若い娘の拐かしが続いてて、若い娘の夜の出歩きは御法度《ごはっと》なんだよ。だから、こんなことになるのさ。今から親のところへ連れて行って説教する。これからは自分から拐かしてもらいてえみてえな勝手はさせるな、盛りのついたあまっ子は押し入れにでも閉じ込めとけっとな。こう見えても俺たち役人は暇じゃねえんだぞ〟

最後の一声は怒鳴りつけるような物言いであった。

この後二人は縄を解かれて夜道を歩かされた。

〝いいか、ちっとでも逃げようとしたらぶった斬《ぎ》るからな〟

ドスの利いた声がよほど応えたのか、おちゃっぴい姿の娘の方が泣き出して蹲《うずくま》ってしまった。

〝あたし、困るんです。あたしんち、両親《ふたおや》ともとっても厳しくて、こんなことがわかったら、ほんとにほんとに困るんです〟

この時男は怒り出すと思いきや、

〝なら、ここからおまえ一人で帰んな〟

あっさりとおちゃっぴい姿の娘を見送った後、

〝二人一緒じゃ、隙《すき》を見て逃げられちまいかねねえからな。だから最初《はな》っからおまえがよかった。それだけの形《なり》をさせてる家の娘は口が固いからな〟

男は淫《みだ》らな獣のような赤い目を向けてきた。

そして次にはもう、ゆめ姫は囚《とら》われていた場所に戻って男に襲いかかられていた。薄暗がりの中で摑《つか》まれた帯が解かれ、逃げ惑う姫の足もとを掬《すく》った。組み敷かれて腰紐《こしひも》が千切り取られ、着物の前がはだけられる。胸が露《あら》わになり裾が割られた。

――どうして？――

なぜかふとそんな風に思った。

どうせ夢の中のことなのだからと思っているせいもあったが、弄《もてあそ》ばれる人形のように抵抗しない自分が不思議だった。どうも妙だ。

〝やめて、助けて、お願い――〟

口から出る懇願の言葉は自分のものとは思えないほど弱々しかった。

〝減るもんじゃなし、安心しな、ちょいと目をつぶってる間に仕舞いになるさ〟

信二郎そっくりの男の顔がにたにた笑いを浮かべて迫ってくる。

涙と共に時が過ぎた。

痛みと悲しみと喪失感で頭がぼーっとしている。

――こんなこと、酷すぎるじゃないっ‼　どうして怒りがないのよ――

他人事《ひとごと》のように腹立たしかった。

――これって、もしかしてわらわに似た別の女と信二郎様に似た別の男のことなのでは？――

そんなゆめ姫の憤怒とは裏腹に身体《からだ》が勝手に動いて、着物を着た。その後ろ姿を眺めていた男は、娘のうなじに目を留め、

〝おうおう、そそられるぜ〟

男の獣欲にまた火が点《つ》き、姫は朝までさんざんに慰みものにされた。

朝が来て、二丁の駕籠《かご》が呼ばれた。

きちんと身仕舞いを調えたゆめ姫は箱入り娘に見える。まさか凌辱《りょうじょく》の限りを尽くされた

挙げ句の姿とはとても見えない。

――どうしてそんな風に澄まして見せてるの？　それじゃ、この男がどんなに酷い奴か誰にもわからないじゃないっ――

姫はとうとう自分似の相手の心に向かって叫んだ。

――あたし、困るんです。あたしんち、両親《ふたおや》ともとっても厳しくて、こんなことがわかったら、ほんとにほんとに困るんです――

ゆめ姫を残して飛ぶように逃げていったおちゃっぴい姿の娘の言葉が繰り返された。

――どうして？　ますます何が何だかわからない――

一方、男は、

〝そうそう、それでいいんだよ。昨夜あったことは誰にも話しちゃなんねえ。話したりしたら、おまえだけじゃねえ、大店《おおだな》の大恥になるんだからさ、いいな〟

凄みのある目で一睨《ひとにら》みすると姫を促して待たせてあった駕籠に乗り込んだ。

着いたのは屋根の上に、大津屋《おおつや》と書かれた大きな看板が掲げられている呉服問屋であった。男はゆめ姫より先に駕籠から下りてから、

〝大津屋、おまえのところの娘ではないか？〟

駕籠のたれをめくって娘の姿を見せた。

〝おお、紫乃《しの》〟

〝まあ、よく無事で〟

案じて夜通し起きていたらしい、目を赤くした大店の主夫婦が駆け寄り、駕籠から降りるお紫乃の手を取った。

〝三味線の稽古の帰りに拐かしに遭いかけていたのを、偶然、わしが通りかかって助けた〟

〝それはそれは〟

主夫婦はひれ伏した。

〝ありがとうございます〟

〝ありがとうございます〟

繰り返し主夫婦の頭は地に着いた。

〝娘を供も連れずに稽古に出すのは感心しねえな。わしが通りかかっていなければどんなことになっていたか――〟

〝全くその通りでございます。お稽古の後にたまにはゆっくり女友達と汁粉屋に寄りたいと申すのでつい許しておりました。そもそもわたしは反対でございましたが、女親が自分も娘の年頃には、女友達と他愛のない話をするのが何より楽しみだったと娘の肩を持ちまして、姉妹がいなかったわたしには娘心がわからず、そんなものかと――。いやはや、わたしどもはとんだ馬鹿親でございました〟

主の言葉にお内儀は、

〝申しわけございません、申しわけございません〟

地に着いた頭を上げずに男と夫に詫びた。

六

〝本当にありがとうございました〟

金地の絵模様の袱紗《ふくさ》に包んだ金子を、平伏している主に代わって白髪《しらが》頭の大番頭が恭しく男に差し出した。

袱紗包みの厚味を目で計って、

〝ふん、おまえの大事な娘の身柄を一晩番屋に留め置いてやったのだぞ〟

相手が鼻を鳴らすと、主に目配せされた大番頭は、

〝後で改めてご挨拶《あいさつ》に参ります〟

深く深く頭を下げた。

〝今後は娘に禍《わざわい》など降らぬよう、一人で外へ出さず、しっかり見張って早く良き相手と娶《めあわ》せることだな〟

男は袱紗包みを片袖に投げ入れて去って行った。この間お紫乃と呼ばれていたゆめ姫はじっと俯《うつむ》き続けていた。

ここで朝の光が眩《まぶ》しいと感じた姫は目を覚ました。

「お目覚めになりましたか」

藤尾が顔を出した。

「よい夢ではございませんね」

藤尾はやや青ざめたゆめ姫の夢見を察した。

「朝餉《あさげ》は要らないわ」

着替えは済ませたものの、姫は浮かない顔で縁側に座った。

「ならばお茶をお持ちいたしましょう」

藤尾が茶を淹《い》れてきた。

「ねえ、藤尾、不思議な悪夢を見たのよ」

話しかけられた藤尾は、

「いいのです、その先はお話しになどならなくても。悪夢なのだとしたら、姫様が口に出されたとたん真になってしまいそうで怖いですから」

両耳を両手で塞《ふさ》ぐ仕種《しぐさ》をした。

「浦路がいたら耳の毒だと叱られそうだし、池本の叔母上様は気を失ってしまわれるでしょうけれど、男に押し倒され無理矢理強いられる夢を見たのです」

姫がさらりと言ってのけると、藤尾はあっと叫んで、

「駄目です、駄目です。姫様がそんなはしたないことをおっしゃっては――」

顔を真っ赤に染めた。

「でも、その通りの成り行きなのですよ」

「押し込みにでも襲われたのだとしたら、命があっただけよいのかもしれませんけど

──」

藤尾はあまりの衝撃に夢と現実を混同させた。

「押し倒されたのは夢の中ですよ。たとえその後、殺されてもそれもまた夢での話です」

ゆめ姫はしごく平静な物言いを続けた。

「さぞかし恐ろしい相手だったのでしょうね」

ほんの僅《わず》かではあったが藤尾の目に好奇の色が混じった。

「目をつけた娘たちを襲うだけではなく、市中見廻《みまわ》りという名目で始終人々を強請《ゆす》ってだらしなく暮らして十年ほどしたら、信二郎様もあのような堕《お》ちた役人におなりでしょう」

「まあ、その男は信二郎様に似ておいでだったのですね」

「ええ、目鼻立ちはそっくりでした」

「となると姫様──」

藤尾はゆめ姫の顔をじっと見つめて、

「もしかするとそれは姫様自身が招き寄せた夢かもしれません」

神妙に言った。

「それ、どういうこと？」

「若い殿方は好ましい女人と夢で結ばれて、褥《しとね》に証を残すことが多いと聞いております。ところで姫様は一緒にお役目を果たす信二郎様がお嫌いではないでしょう？」

その指摘に一瞬ゆめ姫は心が大きく揺れかかったが、

　――たとえ相手が藤尾でも信二郎様への想いを露わにはできない。わらわは将軍家の姫なのだから――

　かろうじて抑えて、

「ええ、まあ。お互い嫌いながらのお役目は辛いですからね、よい方だと思うようにしています。信二郎様の方もわらわに対してきっとそう処しておられるはずです――」

「姫様には慶斉《よしなり》様というお相手がおられます」

　御三卿《ごさんきょう》の出自である徳川慶斉は姫の幼馴染《おさななじ》みであり、親同士が決めた相手であった。

「そうですとも」

「ご身分のこともありますし、信二郎様と夫婦《めおと》になることはできません」

「たしかにね」

　ここでゆめ姫はそんなこと、わかりきったことではないかと言わんばかりに精一杯のどかな笑いを浮かべた。

「ですので、姫様のそのお心の奥深くに沈んでいる信二郎様への熱い想いが、このような夢になってしまうのだとわたくしは思います」

　言い切る藤尾に、

「それでは藤尾は好いた相手にならどんなことをされてもいいと思っているの？」

　姫は真顔で訊《き》いた。

「どんなことって、そんな――」

藤尾はまた真っ赤になった。

「どんな風にされてもいいの？　こちらのことはおかまいなしで、向こうの好き勝手にされるなんていうのは、わらわは相手が誰でも嫌だわ。子どもの頃、池の蛙《かえる》を見ていたことがあるの。恋の時季には雄《おす》が雌《めす》を追いかけ回すんだけれど、気乗りがしないとずっと雌は逃げてしまう。これは鳥たちの雌雄《しゆう》でも同じ。策を弄して、無理矢理に、なんていう卑怯《ひきょう》なことをするのは人だけよ。わらわは真っ平。なので今の藤尾の当て推量は見当違いよ」

「でしたら、その恥ずかしくも恐ろしい酷い夢に何の意味があるのです？」

藤尾は首を傾《かし》げつつ言い及んだ。

「恥ずかしくも恐ろしい酷い想いをしている娘さんが、どこかで助けをもとめているのではないかとわらわは思います」

「手がかりはないのですか？」

「夢の中のわらわはちょっと野暮ったいけれど、大きな竹柄の高そうな着物や帯を身につけていました。きっと実家《さと》が呉服問屋だからですね」

「その呉服問屋の名は？」

「たしか大津屋」

「姫様だった娘の名は？」

「お紫乃」

「それでしたら、もう手がかりになんてなりませんよ」

藤尾は呆《あき》れた表情になった。

「どうして？」

「だって、大津屋ならではの竹模様の振袖が大流行《おおはやり》したのは、わたくしの母が娘だった頃ですもの。その頃は竹模様の染めの数や裏地の色の鮮やかさを娘たちが競ったそうです。母の箪笥《たんす》の奥にも一枚ありましたけど、高いわりにはほんと、何か一つ垢抜《あかぬ》けてなくて。皆がこの流行に飽きてきたのと贅沢《ぜいたく》禁止令が出たのとで、大津屋は商いが立ちゆかなくなり、主夫婦と跡継ぎの一人息子が流行病《はやりやまい》で亡くなったこともあり、店を畳んでしまいました。今はありません」

「お紫乃さんについては？」

「わかりません。ただ大津屋では大変な流行風邪に祟《たた》られて、主家族はじめ奉公人が大勢亡くなったと聞いていますから――」

「すでに嫁いでいたということは？」

「それはあり得ます。母も、たしか娘さんが大津屋自慢の豪華な竹模様の着物姿で出かけるのを見かけたことがある、けれどあの娘さんいつからか、ぱたっと姿を見なくなってしまったけど、どうしたのかしらって申しておりました。亡くなったとは聞いていないようでした」

――もしかしてお紫乃さん、嫁いでもあの悪夢を片時も忘れられなかったのでは？　それでわらわをあんな目に遭わせて、ご自分の怒りや悲しみ、無念のほどを伝えたかったのかも――

姫が何とも切ない想いでいると、

「お邪魔いたします、それがしです。お役目でまいりました」

門の外から声がかかった。

「信二郎様ですよ」

藤尾が声をひそめた。

「そんな夢の後ですから、今日はお断りいたしましょうか？」

「いいえ、お役目でいらしたのだからお通しして」

ゆめ姫は毅然《きぜん》として言い切り、

「承知いたしました」

藤尾は信二郎を招き入れた。

「朝早くからお邪魔して申しわけありません」

信二郎は頭《こうべ》を垂れた。

「何か、市中でありましたか？」

「版木彫り職人矢吉《やきち》の娘お佳代《かよ》が一昨日《おととい》から神隠しに遭っています。年頃の娘なので即座に奉行所では駆け落ちと断じ、調べはしないことになりました。市中の人たちのためにある奉行所だというのに、富裕でない者たちへはいつもながらの無関心さです」

この時信二郎は悔しそうに唇を噛んだ。

――このような表情をなさると、夢の中のあの男とは全くの別人だわ、よかった――

姫はほっとして、

「ということは、これはあなたとわたくしだけが関《かか》わるお役目なのですね」

念を押しつつうれしくもあった。

七

「あなたの夢の力にすがる思いです」

信二郎は思い詰めた表情のままでいた。

「あのもしかして、その矢吉さんやお佳代さんと信二郎様はお知り合いなのでは？」

ゆめ姫はふとそんな気がした。

「矢吉とは、それがしが初めての戯作を世に問うようになってからの縁です。版木彫りは戯作を売る版元にとって欠かせない職で、版元のところで顔を合わせているうちに、矢吉の妥協のない職人気質《かたぎ》の彫りが気に入って、年齢《とし》は親子ほど違っていましたが、酒を酌み交わす仲になりました。画《え》の彫りと異なり、字の彫りは誰が彫っても同じだと思われがちですが、実は違うのです。戯作を読み込んでから彫るのが矢吉流で、一作一作彫りを微妙に変えているのです。そんな矢吉ですから、それがしの戯作についてもいろいろ思うところを話してくれて勉強になりました。会ったばかりの頃は男手一つで育てている、目に入れても痛くないお佳代という娘はまだ可愛い盛りの五歳ほどでしたか――。お察しの通りこの父娘《おやこ》とそれがしは長いつきあいです」

「やはりそうでしたか」

一瞬姫が顔を翳らせたのを信二郎は見逃さなかった。

「思い当たる夢をごらんになっているのですね」

「昨夜のわたくしの夢にその父娘は出てきてはいません。けれども――」

姫は口籠《くちご》もった。

「掠われる娘が出てきたのでは？」

「ええ」

そこでゆめ姫は昨夜の夢について話した。

さすがに男が人品卑しく老け込んだ、信二郎そっくりの男だったとは言えなかったし、

「もしかするとそれは姫様自身が招き寄せた夢かもしれません」

そう言ったさっきの藤尾の言葉が思い出されて、ついつい姫は目を伏せた。

「あなたが長く囚われる夢だったのでしたら、相手の男はどんな奴だったのか、覚えておいでしょう？　目隠しされていたとは聞いていませんが」

信二郎は真顔で夢の話の不首尾を突いてきた。

「十手持ちのお役人でした、年齢は四十歳前後。口調はお役人らしくないべらんめえでした」

「なるほど」

合点した信二郎は筆を走らせていた手控帖《てびかえちょう》にこれを書き加えた後、

「それではこれからさっそく調べてみます。大津屋の娘だったお紫乃を知る者たちについては、大津屋が飛ぶ鳥を落とす勢いだったのは二十年以上前のことですので、市中にいる奉公人を探すのはむずかしいかもしれませんが——。許し難く不埒《ふらち》な不浄役人の方は奉行所日誌や歴代のお役目一覧をひもとけば何とか突き止められるでしょう。すでに老境に入っているか、あなたの話ではとても荒《すさ》んだ様子だったということなので、酒色に溺《おぼ》れた挙げ句死んでしまっているかもしれません」

「奉行所でのお調べは時がかかりましょう。大津屋のお紫乃さんの行方を探すのはわたくしにやらせていただけませんか。藤尾の母親に心当たりがないとも限りませんので——。夢で今まで夢でわたくしの身に起きることはどなたかからの助けをもとめる悲鳴でした。夢でのわたくしのようにお佳代さんが襲われているとしたら、信二郎様、これはお佳代さんのため、一刻を争うことです」

姫は必死の思いで訴えた。

「わかりました。有り難くお願いします。けれどもどうかくれぐれも気をつけてください」

そう言って信二郎は立ち上がると奉行所めざして走り去り、ゆめ姫は早速外出の支度を始めた。

「姫様、母は大津屋さんの奉公人たちのことなんて知りはしないと思いますよ」

身仕舞いを手伝っている藤尾はため息をついた。

「あら、立ち聞きしていたのね」

「すみません。いろいろ案じられて」

「いろいろって何?」

「いろいろはいろいろですよ」

また藤尾は顔を赤らめた。

「まあ、いいわ。そんなことより今はもっと大事なことがあるのですから」

「それはたしかにそうです」

「呉服問屋の奉公人が生き延びるとしたらどんな商いをすると思う?」

「それだったら、古着屋ですね、絶対。畳んだ呉服屋から給金代わりに反物をもらい、急いで仕立てて、上物と言って、高級古着があるという富沢町《とみざわちょう》やいわくつきのものを売ることもある柳原《やなぎわら》の土手でその日凌ぎの商いしてるって話、子どもの頃よく聞きました」

──わらわが信二郎様に言った通り、藤尾の母御は頼み甲斐があったわ──

こうしてゆめ姫は藤尾と共に市中の古着屋を廻り始めたが、衣替えの時季とあって、どこも忙しく大津屋やお紫乃の話を切り出すと、

「すいません、そういう話なら夏にでも来てくださいよ」

「勘弁してくんな、おまんまの食い上げになっちまわねえために、こちとら忙しいんでね、あんた方を相手にしてる酔狂はねえ」

もっと酷い対応になると、

「何だ、客じゃねえのか、帰った、帰った」

犬猫のように追い出されてしまった。

「駄目なのねえ」

姫が肩を落とすと、

「もう、こうなったらあれしかないと思います」

藤尾は励まそうと威勢のいい声を上げた。

「いい案があるのね」

「ええ、でも、そっちはもっと訊きづらいですけどね。市中にはさまざまな商いがあるのですけれど、そのどれにも纏め役がいます。店主たちは皆、自分や店のことを書いたものを纏め役に差し出すことになっています。これはお上が決めた、厳しい決まりです」

「わかったわ、その纏め役さんのところへ行けば大津屋の奉公人で、古着屋になっている方を見つけられるということね」

「そうです。けれど、なにぶん、纏め役、それも古着屋の纏め役ですからね。束ねている数では呉服屋より多いので、呉服屋の纏め役と同じくらい偉いお頭ですよ」

言い出したものの藤尾は不安な様子だったが、

「行きましょう、案内して」

勇んで姫は藤尾を促した。

えであった。

古着屋の纏め役古着屋宗右衛門《そうえもん》の日本橋の店は、周囲を睥睨《へいげい》するかのような堂々たる構えであった。

店先には赤い毛氈《もうせん》をかけた縁台が幾つか並んでいる。おそらく客たちは古着の仕入れに訪れる店主たちなのだろう、品選びをした後、手代各々が買い物の額を確かめて掛け売り帳に書き付け、小僧たちが風呂敷きに包んでくれる間、縁台に腰掛け、運ばれてきたよい香りの煎茶《せんちゃ》を啜りながら一休みしていた。

「やはりここもお客でないと相手にされないかもしれませんね」

藤尾が呟いた時、

「お見かけしない方々だが、何か、ご用ですかな？」

茶を運んでいる、背中の曲がった老爺《ろうや》に声を掛けられた。

「ええ、実は――」

切り出しかけたゆめ姫の片袖を引いて、

「この人に話しても無駄ですよ、せめて、手代さんでないと」

藤尾は耳元で囁《ささや》いた。

――でも、この方しか取り合ってはくださらなそうよ――

今まで訪ねた古着屋とは違って、売り投げや叩き売り、客同士の商品の奪い合いといった忙しい様子がないだけに、客や奉公人たちにはこちらが声を掛けにくい、商い一筋の静かな険しさがあった。

「二十年以上前、市中に店があった大津屋さんに奉公していた古着屋さんを見つけて、是非とも伺いたいことがあるのです。どなたかその方を知りませんか？」

姫は大声を張ってみたが、老爺以外は誰もこちらを見ようとはしなかった。

「それでその相手に何を訊こうというのかね」

一瞬ではあったが老爺の垂れた目に鋭い光が宿った。

ゆめ姫が今起きている拐かしの唯一の手がかりなのだと告げると、

「そこまでの大事なら、応えねばなりませんな。どうぞ、こちらへ」

ずんずんと庭の奥へと歩いて、渡り廊下から離れの茶室へと案内してくれた。

「ちょうど茶を点てようと用意させていたところです。わたしが古着屋宗右衛門です」

藤尾の身体が緊張で縮こまったのがわかり、

「わたくしはゆめ。この者は藤《ふじ》と申します」

姫は毅然と名を名乗った。

「ほう、あの夢治療処《ゆめちりようどころ》の先生ですな」

宗右衛門はふふっと笑みをこぼした。

八

「まあ、ご存じでしたか――」

思わず主に先んじて口走った藤尾の緊張が解けた。

「わたしは主とはいえ、もうほとんど店は大番頭に任せていて隠居同然、店の者に煙たがられ呆れられながら茶汲み爺《じじい》をやっているだけでは飽きてしまいます。瓦版読みの安い趣味で市内八百八町《はっぴゃくやちょう》に通じているつもりです。へへ、地獄耳が自慢でしてね。人の夢を聞いてくれて心配事や悩みを癒《いや》してくださるという、若くて綺麗で面白い女先生がいらっしゃることは承知してました。何と寝ている時だけではなく、瞬《まばた》きする一瞬にも夢が見えるという――。まさか、会いに来てくれるとは思ってもみませんでしたが」

宗右衛門はうれしそうに目を細め、

「そうだ、大津屋さんゆかりの人たちのことでしたね。もちろんお教えします。それではと――、すみません、お二人ともしばし壁の方に寄ってください」

立ち上がると年寄りとは思えない力でゆめ姫と藤尾が座っていた場所の畳一畳を持ち上げて、

「大事なこれだけはまだ誰にも譲れません」

一冊に綴《と》じた覚え書を取りだした。

「ここには市中で商う古着屋全部の名や店のことが記されています。お上にお出ししているのは似て非なるものです。このあたりは特に――」

覚え書をめくっていた宗右衛門の手が止まり、

「ごらんなさい」

開いたまま姫に渡してくれた。そこには以下のようにあった。

・日本橋本町《ほんちょう》の大津屋の件
留三《とめぞう》　改め要吉《ようきち》
祐太郎《ゆうたろう》　改め冬二《ふゆじ》
きん　改めぎん

ほんの一瞬ではあったが柳の長い葉がなびく柳原土手で古着を商う老婆《ろうば》の姿が見えた。

——きっとおきんさんね。でも、留三さんや祐太郎さんは？——

「これはたぶん、店を畳んだ大津屋を出されて古着屋さんになられた方々では？」

姫の言葉に、宗右衛門は戸惑い、ほうとため息をつくと、

「さすがに夢見の先生ですな。この名を見て何か見えましたか？　そうです。そして、これは主夫婦や仲間たちが病死した後、大番頭だった留三の才覚で、大津屋の蔵から反物を持ち出し、払われていない給金代わりに残りの皆に分けたこと、祐太郎ときんは生まれ在所へは帰らず、留三に倣い親に貰《もら》った名をかえて古着屋になったという意味なのです。反物は、お上も目を光らせて没収しますから、このことがわかれば盗みと見做されてまず命はありません。ですので、どうかこの事情はご内密に。わたしが墓場まで持っていくつもりです」

最後に強い目を向けてきた。

「要吉さん、冬二さん、おぎんさん、このお三方をお訪ねすれば、どなたかが二十年以上前の大津屋さんのお嬢さん、お紫乃さんのことを話してくださるのですね。皆さんそれぞれのお店はどこに？」

「いや、留三と祐太郎は二人とも秘密を抱え続ける心労がたまらなかったのでしょう、江戸を出てしまいました。居場所は報せて来ません。表向きわたしとの縁は切れています。すぐに訊くことができるのは、ずっと柳原土手で床店商いをしているおきんだけです」

――これでおきんさんしか見えなかった理由《わけ》がわかったわ――

「ただ、おきんが話すかどうか――。口がきけないわけでもないのに、わたしはあの女の声を聞いたことがありません。お役に立つかどうか――、若い娘さんの命が掛かっているというのに――」

宗右衛門は苦渋の面持ちになったが、

「とにかく、お話しいただけると信じてお会いします」

姫は大きく頷《うなず》いて立ち上がると藤尾と共に茶室を出た。

この時、白い閃光《せんこう》がゆめ姫の視界をまた閉ざした。長屋が見えている。先ほどの老婆が床に座って、煙管《きせる》をくゆらせながら、牡丹色の地全体に竹模様が豪華にあしらわれている振袖を広げていた。

長屋の中は昼間でも薄暗く湿っていて、振袖の派手な牡丹色や鮮やかすぎる竹の緑さえも何やら不吉であった。後ろ向きになっている老婆の頭は振袖に向けて垂れ、肩が小刻みに震えている。

ゆめ姫の足は柳原土手にある床店の並びではなく、近くの長屋へと向かった。

「今日はいいお天気ですし、おぎんさんも今時分は店を出してるんじゃないですか？」

足を止めかけた藤尾だったが、

「ほかの人はそうでしょうけれど」

姫の言葉に、

「さすが姫様、おぎんさんは長屋に居るって見えてるんですね」

感心した声で足早になった。

「ごめんください」

藤尾が油障子の前で声をかけたが、すぐに応えはなく、

「おぎんさんおいででしょうか」

姫の言葉に、皺《しわ》深く、白髪を束ねただけの老婆が顔を覗かせた。無言でぼうっと宙を見つめ、相手が何か言うのを待っている。

「わたくしは夢と関わって癒しの治しをしている夢治療処のゆめと申します。今日はあなたに大事なことを思い出していただきたくてまいりました」

切り出したゆめ姫は大津屋とお紫乃について知り得ていることを話した。

聞き終えた相手が油障子を閉めようとすると、

「待ってください、この先を聞いてください、おきんさん、あなたはおぎんではなく、本

当はおきんさんなのでしょう？」

姫はすかさずやや声を張って続けた。

「今の話はわたくしがお紫乃さんに成り代わって夢に見てわかったことです。実はこの夢の大津屋さんやお紫乃さんと今、起きている拐かしにつながりがあるかもしれないのです。だから大事なのです。拐かされたと思われるのは版木彫り職人矢吉さんの娘さんでお佳代さんです。早くにおかみさんを亡くされてからこのかた、矢吉さんは後添えも貰わず、お佳代さんを男手一つでそれはそれは大事に育てられてきたとのことです。お佳代さんに何かあっては矢吉さんがどれほど悲しむことか――」

するとおぎんの伏し目がちだった両目が見開かれて驚愕《きょうがく》が走った。油障子が開けられ、二人は中へと招き入れられた。相手は無言のまま、先ほど見えていたように煙草《たばこ》盆と煙管が置いてある板敷の中ほどに座った。ゆめ姫はおぎんと向かい合うように座り、藤尾はその後ろに控えた。

「話してくださるのですね」

姫が念を押すとこくりと頷いたおぎんは、やや嗄《か》れた声で話し始めた。

「古着屋の纏め役からあたしの話はお聞きでしょう？　詮索《せんさく》されたくないから、ずっと滅多にしゃべらないで煙草ばかり吸ってるんでこんな声に。お聞き苦しいでしょうけど我慢なさってください。大津屋さんにはいましたよ、お紫乃お嬢様付きでお身のまわりやお稽古にも付き添っていました。今じゃ、年齢《とし》よりも老けて見えますけど、お紫乃お嬢様とは同じくらいの年齢です。親に死に別れて身内がいなかったんで大津屋さんに奉公してたんです。大津屋さんがあんな具合に傾いてしまって、お身内が一人もいなくなったから、急にお嬢様があんな風になったわけじゃあないんです。その少し前、お嬢様は夜戻らず朝、お役人に連れられて帰ってきてからというもの、ずっと気鬱でした。それまでは明るいとまではいかなくても、おちゃっぴいにだけはなってくれるなという旦那様たちの戒めに生《き》真面目《まじめ》に頷きつつも、実は憧れている、お稽古の帰りにこっそりおちゃっぴい仲間と示し合わせて遊んでる、そこそこ娘らしいお嬢さんだったんですけどね。おちゃっぴいと言っても、表向きは親の言う通りにしてるように見せてる、お紫乃お嬢様同様の隠れおちゃっぴいも案外多かったんですよ。そんな方々は三味線《しゃみせん》や長唄なんかのお稽古でもお紫乃お嬢様とご一緒でした」

——おちゃっぴいそのものといった様子で、あの男が先に帰した相手の娘が気になってきたわ——

「お紫乃さんが帰ってこなかったという日、どうしてあなたはお稽古に付き添っていなかったのですか？」

「それはお紫乃お嬢様が老舗《しにせ》の人形屋光月《こうげつ》のお嬢さん、お菊《きく》さんと一緒だから大丈夫、是非、付き添いなしでお汁粉屋へ行きたいと珍しくお母様に掛け合われたからです」

——ええっ——

この言葉にはゆめ姫だけではなく、

控えていた藤尾までもが仰天した。

「光月のお菊さんといえば市中で見初められ、後に大奥へ上がってお菊の方様となり、上様の姫様をお産みになっただけに、評判の器量好しの上、源氏《げんじ》物語さえ読みこなすほど賢い娘さんでした。この手の娘さんはとかく冷たく気位ばかり高いものなのですが、お菊さんは違っていて、奉公人たちだけではなく、誰に対しても分け隔てなく接する温かい心遣いの持ち主でした。ただし、このお菊さんも隠れおちゃっぴいだったんですよ。並外れたおちゃっぴいぶりで、とにかく颯爽《さっそう》と恰好《かっこう》よくて、釣り合う家柄の大店の若旦那たちにも大人気でした。役者や男前を追うのがおちゃっぴいでしたのに、お菊さんの方は逆に若旦那たちから追いかけられていたんです。なので、自分の娘にいい婿を迎えるために、お菊さんにあやかりたいと思わない、大店の親はいなくて、大津屋の旦那様はお内儀さんからお菊さんが一緒だと聞かされて許したのだと思います」

お菊を讃《たた》えたおぎんは、

「思い出して久々に楽しい気分になりました」

知らずと微笑んでいた。

――まあ――

――あの生母上様がお紫乃さんと親しかったとは――

九

ゆめ姫は複雑な想いを抱きつつ、

「親兄弟が亡くなった後、お紫乃さんはどうされたのですか？」

核心に入った。

「傾きかけていた大津屋の旦那様たちが亡くなり、店は潰《つぶ》れてこの先はお上に処分が任される段になって、大番頭の留三さんが滞りはじめていた給金代わりに蔵の品を分けると決めました。これには皆も従いました。これを元手に生きて行こうとしたのです。留三さん、祐太郎さんは当初古着屋の纏め役宗右衛門さんを頼みにしていたようですが、お上の詮議を怖れて江戸を離れました」

この時、不意に顔に風が吹きつけてきて姫は瞬きした。前の夢で泣き黒子のあるおちゃっぴい姿だった娘の隣りに、実直そうな見知らぬ若い男の顔が見えた。白昼夢であった。

「なぜ、あなた一人、ここに残ったのですか？」

姫はおぎんの顔に目を据えた。

「あたしは大津屋に好きな手代がいました。その男は叶《かな》わぬ恋に身を窶《やつ》していましたが、いずれはあたしの真心に気がついてくれると信じていました。でも、その男は叶わぬ恋でなくなったとわかると、誰の目にもそれとわかる身体になったお紫乃お嬢様の世話をすると言って江戸に残りました。お世話になった主の血筋ゆえ、お紫乃お嬢様のお世話はただでしたいと言い切り、奉公人の中でただ一人、蔵の反物を受け取りませんでした」

「その方、矢吉さんでは？」

「矢吉さんが江戸で暮らしていたから、あなたも江戸を離れなかったのでしょう？」

「そうです」

「当初はただただ諦めきれませんでした。矢吉さんのおとっつぁんは腕のいい版木彫り職人でしたので、幼い頃から版木を眺めてきた矢吉さんはそれを継いで糊口《ここう》を凌ぐことにしたのです。何度も、矢吉さんの住む長屋へと通い、様子を窺《うかが》わずにはいられませんでした。お紫乃お嬢様が重いお産で亡くなった時は、正直、これでやっとあたしの想いが叶うと思いました。矢吉さんだって男盛り、肝心のお嬢様が死んでしまったら、血がつながっていないどころか、どこの馬の骨の子かわからない娘なんて、どこぞへ里子に出すとばかり思い込んでいたのです。そうしたらあたしを――。でも矢吉さんはこの女の子をどこにもやらず、負《お》ぶって仕事をやり続けて、大事に大事に育てたのです」

「お佳代さんですね」

「お紫乃お嬢様よりもずっと明るそうな矢吉さん自慢の娘に育っていきました。赤子だったお佳代さんが可愛い女の子、そして眩しい娘にと育っていくにつれて矢吉さんの髷《まげ》に白髪が増え、顔に皺が刻まれていきました。そしてあたしも同様にこのように――」

おぎんはつるりと皺深い顔を一撫でして、

「このところ、矢吉さんのところへは足を向けていません。その代わり、亡くなられてもなお矢吉さんに想われて、憎いと思い続けてきたはずのお紫乃お嬢様のことばかり思うようになりました」

苦く笑った。

「そうそう」

立ち上がったおぎんは押し入れに片付けてあったお紫乃の着物、牡丹色の地に緑の竹の大柄が際立っている、ゆめ姫が夢の中で着ていた振袖を取り出した。

「朝帰りしたお嬢様は二度とこの着物をお召しにはなりませんでした。あたしにくださるというので、一生かかっても着ることのできないものでしたので、有り難くいただきました。不思議と古着として売る気もせず、虫がつかないように大事にしまっていたのですが、一月《ひとつき》ほど前にふと思い出し、虫干しを兼ねて出してみました。膝に置いてみると、この着物からさまざまな想いが伝わってくるような気がしたのです。もっともこの着物に限らず、長く古着屋をしているとわかるのですが、古着には綻び一つ、虫に食われた小さな穴一つ、色褪《あ》せ、布の擦り切れ等にも、着ていた人たちの様子や想いが残っているものです。この着物はあたしが触れると冷たく濡《ぬ》れるんです。そしてなぜか、背筋がぞっとするような怖さと悲しみを感じました。それはきっと金輪際《こんりんざい》もうこの着物だけは着ないと決めた、あの時のお嬢様の身に起きたことと関わってのお気持ちだったのだと思います」

思い詰めているおぎんの目に姫は頷いた。

「ああ、やはり——。隠れおちゃっぴいが高じた、お嬢様も承知の上での過ちではなかったのですね」

この時、皺に埋《うず》まりかけているおぎんの目からとめどもなく涙が滴り落ちた。

「お嬢様、お嬢様、知らぬこととはいえ、酷く辛い目に遭われたというのに、矢吉さんに悋気《りんき》など起こしてすみませんでした。あたしは何という馬鹿だったのでしょう。今、あたしに出来ることはありませんか？　あの着物をあたしに思い出させたのは、拐かしに遭っているあなた様の娘さんが案じられるからでしょう？　貧しく短くはあったけれど、穏やかな夫婦の日々を一緒に過ごした矢吉さんを悲しませたくはないからでしょう？　お願いです、教えてください、お嬢様があたしに思い出してほしいこととは一体何なのです？」

泣きじゃくりながら宙をみつめ言い募るおぎんに、

「何でもかまいません。朝帰りの日から矢吉さんと大津屋を出て行った日までで、お紫乃さんがおっしゃったこと、なさったことを何でもかまいませんから思い出してください」

ゆめ姫は記憶を辿《たど》らせた。

「ただなにぶん二十年以上前のことですので――。でも」

おぎんは両手を拳《こぶし》に固めて白髪頭にぐりぐりと押しつけた。

「食べ物で好きだったものが、嫌いになったようなことは？」

「あああ――」

おぎんは自分の額を拳で交互に打った。

「それでは好きだったお八つとかは？」

「お嬢様は唐芋《からいも》がお好きでした。唐芋を使った料理なら何でもお好きで、賄い番は唐芋料理の書かれた本を手に菜やお八つを作っておりました」

「その唐芋が嫌いになったとかは？」

「なかったように思います。ああ、ただ——。小僧たちの楽しみの一つだった、裏庭に落ち葉を集めての焼き芋が旦那様の命で禁じられました」

「どうして？」

「裏庭を散歩していたお嬢様が、芋が焼ける匂いを嗅《か》いで、〝助けてえ〟と叫ばれてぱったり気を失ってしまったからです」

「それまでそのようなことは？」

「ありません。もっとも焼き芋は小僧の食べるものでしたので、召し上がったことはないと思います」

「そのほかに助けをもとめて倒れるようなことは？」

「はて——」

ついにおぎんは撫でつけた白髪の自毛をぎゅっと摑んで引っ張り上げた。

「お稽古も含めて外へは一切お出にならなくなっていましたが、まだお腹《なか》が目立っていない時でも、店先にさえも姿を見せなくなりました。それまでは旦那様の言いつけで、大津屋独自の染めの着物を着てお出ましでした。お客様のお相手をするのではなく、ほんの少しの時、姿を見せるだけなのですが、それもなさらなくなりました。お客様の声がする店先近くの廊下も通らなくなったほどです。思い出しました。気こそ失われませんでしたが、お客様の声を聞いて、真っ青になって震えていらしたことがありました」

「木場《きば》の大旦那様で連れていた芸者さんに着物を見立てにおいででした」

「その時のお客様とは？」

「その方はどんな言葉遣いをなさっていましたか？」

「粋を気取ってわざとぞんざいなべらんめえな言葉遣いを――」

「なるほど」

――信二郎様似のあの不浄役人もそうだった――

「駄目です、これ以上はもうどうしても思い出せません」

おぎんは音を上げた。

「もう充分思い出してくださいました。ありがとうございました」

姫が礼を言って藤尾と共に辞そうとすると、

「どうか、これを、これをお持ちください。お嬢様にはまだ何か、この着物を通しておっしゃりたいことがあるような気がしてなりません」

おぎんは急いでお紫乃の形見となった振袖を畳んで風呂敷に包んだ。

夢治療処への帰路、

「姫様が母上様、お菊の方様ゆかりの方の夢を見ていたとは、何とも驚きました」

藤尾は呟き、

「あの夢をわらわに見せたのは生母上様ではないかという気がしてきました」

ゆめ姫は応えた。

十

「お菊の方様が姫様にあのような酷い夢を？」

藤尾は得心のいかない様子だったが、

「あそこまででないと、友達だったお紫乃さんの血を分けた娘さん、拐かされているお佳代さんは救えないと思案なさってのことでしょう」

姫は言い切った。

――おそらく、悪人を信二郎様似にして見せたのも強く訴えたかったからなのだわ――

夢治療処に戻った姫は、

「おぎんさんと同じように濡れでもしたらどうしましょう、怖い――」

怯《ひる》んでなかなか風呂敷包みを開けようとしない藤尾を、

「人の命が掛かっているのですよ」

叱責《しっせき》して振袖を検めさせようとする一方、二十年以上前の不浄役人を探しているはずの信二郎に向けて、急ぎ文をしたためることにした。

大津屋の奉公人だった女《ひと》から聞いた話で、これも多少お役に立つことと思います。

・下手人は焼き唐芋に関わりがある。

——でもこれだけではねえ——

頬杖《ほおづえ》をつきかけた時、

「今のところ濡れてもいないし冷たくもありません」

恐る恐るお紫乃の振袖を広げていた藤尾があっと叫んで手を止めた。

「どうしたの？」

ゆめ姫も筆を休めた。

「左裾に何か——何なのでしょう？」

藤尾は振袖の左裾を指さしながら青ざめている。姫はその箇所に触れて、

「あら、何か固いものが縫い込まれているわ」

抜いた簪《かんざし》の先で左裾の糸目を切った。

「まあ、男物の根付け、象牙《ぞうげ》で出来た猪《いのしし》です。良い物ですよ。これってもしかして——」

藤尾の目が怯《おび》えた。

「酷い目に遭わせた相手が残したものでしょう」

——こうして捨てずに二度と着るまいと決めた振袖に縫い込んでおいたのは、お紫乃さんの相手への精一杯の恨みの証だったのだわね——

象牙の猪を懐紙《ふところがみ》に包んで帯の間におさめた後、この事実も文に書き留めなければと姫が再び筆を取り上げた時、ふっと目の前がほんの一瞬暗くなって、次には輝く光が降り注ぎ、太い幹から枝が二本に分かれている巨大な二本榎《えのき》が煌々《こうこう》と迫った。まだその時季ではなか

ったが、見事な五葉松の上を燕《つばめ》がすーいすーいと飛んでいる。

——こんな時に夢。文などしたためていては間に合わないということね——

「行かなければ」

急いでゆめ姫は立ち上がり、

「行くってどちらへです？」

「見事な幹分かれの二本榎がある場所よ。藤尾なら知っているでしょう？」

「存じております。白金村《しろかねむら》は暮らしぶりのいい、元お役人の終《つい》の棲家《すみか》が多いところです。二本に分かれた立派な榎の枝のように役人でありながら、たっぷりと賄賂《わいろ》を懐に入れた上、これを元手に商いとか、買った家の賃貸しに精を出して、二足の草鞋《わらじ》を履き続けた輩《やから》たちの来し方が、この二本榎なのだと陰口を叩く者もおりますが」

「そこです、間違いありません」

「お連れいたします」

こうして二人は二本榎のある白金村へと急いだ。

榎の木が見えてきたところで、

「けれども姫様、二本榎のある場所には何軒もの家があるのですよ」

藤尾が首を傾げると、

「大きな五葉松があり、毎年軒下に燕が巣を作っている家です。巣の跡があるはずです」

ゆめ姫は言い切った。

二人は必死で五葉松と燕の巣跡を探し続けた。

「あった、あった、ここだわ」

やっと見つけたその家は棘《とげ》のあるカラタチの垣根に囲まれている。庭は荒れ放題で表の戸口は枯れ草が重なり合っていて入れない。

二人は裏木戸へと廻った。

——人の出入りしている跡がある——

裏木戸の土の上には草履《ぞうり》の跡があった。中へ入ると枯れ草を踏み分けた跡が勝手口へと続いていた。

「男物の草履跡が二つですよ、相手は男二人なのです。男二人に女二人。姫様とわたくしだけでお佳代さんを助け出せるものでしょうか？　わたくしたちまでお佳代さんのような目に遭ったら——」

藤尾はおろおろと進む歩みを止めかけたが、

「大丈夫、きっと生母上様が味方になってくださいます。これくらいで萎《な》えていてはいけません」

姫は叱りつけるように励ました。

勝手戸を開けたとたん、血の匂いがして、藤尾がきゃっと叫んで後退《あとじさ》った。

ゆめ姫は揃えて置いてある見覚えのある草履に気がつくと、

——信二郎様のものだわ、もしやそのお身に何か？　生母上様が信二郎様似の者にわらわを襲わせたのは信二郎様がこの一件で、命がけの重いお役目を果たすから？――不安で胸が潰れかけたが、上がって廊下を進んだ。一つ目の部屋で何かが動く気配があった。

姫は思い切ってその部屋の障子を開けた。

ここまで青ざめてさえいなければきっと、愛らしいであろう顔立ちの若い娘がぶるぶると震える肩を抱えて立ち尽くしていた。

「お佳代さん？」

それでもまだ、相手の目から恐怖の色は消えない。

「大丈夫、わたくしたちも助けにきたのだから。もう安心して」

ゆめ姫の言葉にこくりと頷いたお佳代ははじめてほっと息をついて、

「入って来て縄を解いて助けてくれた男の人に、ここに居るように言われてたんですけど、やっぱりまだ怖くて――」

助けの先人がいることを仄《ほの》めかした。

「姫様」

藤尾がよろめきながら障子が開いたままの部屋の前に立った。

「藤尾はお佳代さんと一緒にここに居てあげて」

姫は藤尾とお佳代を座らせて部屋を出ると奥へと廊下を急いだ。濃い血の匂いに導かれて突き当たりの部屋の障子を開けた。

首のない身体から血が噴き出している。腹に脇差《わきざ》しを刺したまま座している。侍髷をした首が転がっている。

ゆっくりと振り返った信二郎の小袖は返り血を浴びていた。

「この骸の主に介錯を頼まれました。矢吉の娘お佳代を拐かした罪を悔いて自害したのは黒谷彦市郎《くろたにひこいちろう》、北町《きたまち》奉行所臨時廻り同心です。若い時からあえて臨時廻りをかって出ていて、当時の定町《じょうまち》廻りを凌ぐ手柄を上げ続けていましたが、金銭に汚くあこぎな蓄財の鬼という評判でした。番屋の焼き唐芋を番屋印と称して市中に売り出し、大流行させてたいそう儲《もう》けてもいました。それでも所帯を持ってからは以前ほどの悪評は聞かれなくなっていました。北町では何年か前に御奉行が代わられて臨時廻りとはいえ、退《ひ》き時を定められたので、弥生《やよい》いっぱいでお役目を返上することになっていました。とうとう子宝に恵まれないまま、二十歳以上も年下の妻女を亡くしたのはついこの如月のことでした。それがしは下手人がもう亡くなってしまっているとすると調べが前に進まないので、その悪徳役人はまだ生きているとして、二十年以上前に起きてぴたりと止んでいた拐かしが、また繰り返される理《わ》由《け》について考えてみました。そしてその悪徳役人の周辺に何かがあったのだと思い当たり、すでに絞り込んであった高齢の役人たちの中から評判のよくない者を選んで調べ、最近伴侶を亡くした黒谷彦市郎に行き当たったのです。妻女に死なれて支えを失った黒谷は、生来の悪癖が首をもたげてきたのをもはや押し止《とど》められなかったのでしょう。黒谷は妻帯してから止めていたべらんめえ言葉に戻って、たまに奉行所に顔をだしては、何かと当たり散らすのに仲間の役人たちは閉口気味だったようです」

信二郎はそこで言葉を切り、姫は畳の上の黒谷の首を見据えた。

「そんな男がよくも己の行いを悔いて自害したものですね。ましてや弄ぶために拐かした相手が自分の娘だったとも知らなかったはずなのに」

「いや――」

信二郎は片袖から象牙の猪を取りだして見せた。

「それがしがここへ助けに入った時、黒谷はこれを握ってじっと見入っていました。思い通りにしようとしていたお佳代さんの片袖から畳の上に落ちた、二十年前に自分が失くしたものだと言うのです。それから黒谷は自分の悪行について洗いざらい話し、妻女に死なれた後、元の木阿弥《もくあみ》となって再び悪行を重ねようとした時、よりによってこうして自分の血を分けた娘を汚そうとしていたのはまさに因果応報なのだと絶望していました。そして、今ここで娘とわかって思い止まったところで、次には縁もゆかりもない娘を掠って弄ばずにはいられない、それを止めるにはもう死ぬしかない、ならばせめて侍らしく死にたいと言い、それがしは介錯を頼まれ、承知したのです」

信二郎は毅然とした面持ちで話を締め括《くく》った。

――どうして、あの振袖に縫い込まれていたはずの象牙の猪がここに？――

咄嗟にゆめ姫は帯に挟んだ懐紙に手を伸ばした。

――無い――

懐紙は薄っぺらに折り畳まれているだけで何も固いものに触れなかった。

——これはきっとお紫乃さんと生母上様の強い想いによるものなのだわ。どうしてもお佳代さんを実の父親に汚させたくない、おぞましい地獄への道連れにしたくないという想い——

「汚されることなくお佳代さんが助かり、黒谷彦市郎が覚悟の死によって相応に罪を償って何よりでした」

——どうか来世では過ちを犯さないように——

姫は生首に向けて両手を合わせた。

信二郎とゆめ姫はお佳代にも誰にも真実は告げず、真相は闇《やみ》の中に葬られた。

——真実は大事だけれど知らなくてもいいこともある——

助け出されて矢吉の元へ戻ったお佳代は今まで通り明るく、甲斐甲斐しく父親の世話を焼いている。

そんなある夜、姫は夢で母お菊の方に会った。娘の頃のお菊の方はおちゃっぴい姿がよく似合っている。

〝黒谷に追い帰されたのは生母上様だったのですね。わらわにお紫乃さんの着物を着せてあんな目に遭わせたのは、おぎんさんや象牙の猪に行き着かせるためで、あちらでお紫乃さんと会ってすべてを聞き、取り返しのつかないことになる前にとお心を痛めておられた

のですね。あの象牙の猪が瞬時にわらわの胸元からあそこまで飛んでいったのも生母上様のなさったことですよね〞

姫がにっこり笑って問うと、お菊の方は首を左右に振った。

〝では、どなたのお力なのでしょうか。神様？　神様の御加護ですか〞

お菊の方が首を縦に振った。

〝ということは、思い出した黒谷が悔恨の末、自害を決意したのは神様による裁きだったのですね。どんなに巧みに悪事を隠しても神様はお見通しなのですね。これは黒谷の魂の救いでもあったとわらわは信じます〞

――ああ、何だか、思い悩んでいたことが吹っ切れたような気がするわ――

眠りの中のゆめ姫は、これで久々に心地よいさわやかな朝が迎えられそうに思えたのだった。

第二話　ゆめ姫は黒い犬と出遭う

一

ゆめ姫は江戸《えど》城の西《にし》ノ丸《まる》に帰っていた。

今年も嘉祥御祝儀《かじょうごしゅうぎ》が近づくと、

「大奥の皆に菓子を配る姫様がおられなければこの儀式は全うできませぬぞ」

大奥総取締役の浦路が市井に住む姫の元を深夜に訪れ、釘《くぎ》を刺していった。

十六個の餅《もち》や菓子を神前に供えてから食べた嘉祥御祝儀は、室町時代末から始まった行事の一つで疫病を避ける願いを込めて、水無月《みなづき》の十六日に行われた。

江戸期には江戸城へ大名たちが登城して、将軍から菓子を賜《たまわ》る行事となっていて、庶民には十六文で菓子を買って笑わずに食べると御利益《ごりやく》があるとされる風習となっていた。

ともあれ、この時ばかりは武家や町人の別なく大っぴらに菓子贅沢《ぜいたく》ができる。市中の菓子屋はてんやわんやの大忙しであった。言うまでもないが、庶民が好きなだけ食したかったのは、江戸城内で配られる鶉《うずら》焼き、あこや、きんとん、寄水《よりみず》等の古式ゆかしきよくわからない菓子ではなく、煉《ね》り切《き》り等の上生菓子、普段はごくんと唾《つば》を呑《の》み込みながら店先を通り過ぎて、買い控えている物であった。

「今頃《いまごろ》、実家《さと》もかき入れ時で大変なものです」

藤尾の生家は多種の菓子を作って並べられるほどの店ではなく、主に羊羹《ようかん》を作り続けてきた羊羹屋であった。

「この何年かであのカステーラ屋もこの時季ぐんと景気がよくなったみたいです。父はカステーラ屋だけには負けられないって言ってます」

カステーラは長崎《ながさき》から伝わった南蛮《なんばん》菓子であったが、石窯《いしがま》のそこそこの普及もあって、高価ではあるものの、ふわふわとしっとりが絶妙に相俟《あいま》っていて、美味この上なく、この時だけは食そうとする向きが増えていた。

この夜、姫は、

「どうせならカステーラの夢でも見られたらいいのに。それも濃い茶色に焼けた風味のいいところと、底のざらめのうっとりする甘さを好きなだけ食べることができる夢――」

などと洩《も》らして西ノ丸の中庭が見える自分の部屋で眠りに就いた。

――この夢は見ているだけなのね――

ゆめ姫は夢の中でがっかりした。姫の見る夢には大きく分けて、こうして起きている事柄や関《かか》わっている人たちを何もできずに見ているのと、姫自身が起きている出来事の中で特定の人物になっているのとの二種類があった。今のはどうやら前者なので、目の前に何膳《ぜん》ものもてなし膳が並べられているのだがゆめ姫が味わうことは出来ない。

――あら、いやだ。わらわは何って食いしん坊なのかしら――

姫は夢の中で顔を赤らめた。

場面が変わった。

――おや、珍しい。南蛮部屋だわ――

南蛮部屋とは父将軍が脚の長い文机《ふづくえ》やそれに合う腰掛台（椅子《いす》）、絨毯《じゅうたん》やギヤマン、赤い酒の葡萄《ぶどう》酒等を集めて配置してある場所であった。

――でも、父上様の部屋よりももっと素敵なものがある――

ゆめ姫は壁に掛かっている、ぴかぴかと光るさまざまな種類と大きさの美しい石が使われた幾枚もの玉画に見惚《みと》れていた。

――わらわにわかるのは真珠玉と琅玕《ろうかん》（極上の翡翠《ひすい》）だけだけれど、赤のも青のも琅玕とは異なる緑のも、無色で凄《すご》く光ってるのも、その他のも一瞬にして心を奪われる、こんな輝きは見たことがない――

しかし、次には見知らぬ男と真っ黒な大きな犬が入ってきた。一人と一匹が長四角の机の上座と下座の腰掛台に向かい合うかのように座った。

――腰掛台に座る犬？――

まさかと思いかけた時、瞬時に耳と目の垂れた愛嬌《あいきょう》のある黒い犬が若い男の姿に変わった。

上座の男は身形《みなり》のいい武家の様子で五十歳絡み、下座の相手は若くはあったが髷《まげ》が崩れ、小袖《こそで》は汚れている。

もてなしが始まった。

——ああ、これも南蛮部屋で父上様が得意そうにあれこれ、御膳所《おぜんしょ》の者に命じてわらわのために作らせた南蛮料理だわ。あれは箸《はし》だけだと特に食べにくいものもあったわ——姫はどーんと出された平たく厚い牛の肉と格闘したことを思い出した。その牛肉からは肉汁が流れ出していて、何とも食欲がそそられた。

——それで御膳所で細かく切らせたのだったわ。思った通り、味はとてもよかった——

〝美味《うま》いねえ、有り難いよ〟

出されている牛肉は大きな塊で、若い男は両手で肉の塊を抱え、満面の笑みを浮かべながらかぶりついている。色が変わるほど焼いてあるのは表面だけなので、生焼《た》けの中の部分からは血の色の肉汁が滲《にじ》んでいた。牛肉の塊を平らげた若者は皿に滴って溜まったその肉汁さえも一気に飲み干した。

〝もっと食べてくれ〟

年配の男はにこやかに微笑《ほほえ》んでいる。

〝いいのかい？　こんなに馳走《ちそう》になっちまってさ〟

〝そなたは特別ゆえ。どうか遠慮は無用に——〟

〝そうかい。それなら——〟

若者はもう一つの大きな牛肉の塊をまたしてもあっという間に胃の腑《ふ》に入れて、やはりまたずっと音を立てて血の肉汁を啜《すす》り込んだ。
〝あんた、どこの誰《だれ》だか知らないけど、見も知らない俺《おれ》みたいなもんに、こんなによくしてくれていいのかなあ〞
首を傾《かし》げる若者に、
〝とっておきのものはこれからだ〞
相手の男の目が細められた。
〝えっ？　まだあるのかい？〞
これほど食べてもまだ食べ足りない様子の若い男は身を乗り出した。
牛肉の塊を載せた皿よりさらに大きな、机からはみ出しそうな皿が置かれた。上には杖《つえ》に肉を被《かぶ》せたような骨付きの焼き肉が置かれている。
――鷲《わし》や鷹《たか》の足を伸ばしてもこれほど長くはないはずだけど。さっきいた黒犬の足だってここまでは――
姫が不可解に思っていると、
〝こりゃあ、たいそうだ〞
若い男はその肉を手にして口へと運んでかぶりついた。そのとたん、
〝痛《い》たたたたぁ〞
腰掛台から転がり落ちた。

〝そうさね、痛かろうね。とっておきはそなたの右脚ゆえ。うはははは〟

身形のいい武家は愉快そうに笑って、夢で見ていた場面は閉ざされ、ゆめ姫は布団の上に起き上がっていた。

「何という夢なのかしら――」

寝汗を掻《か》いていたので藤尾を呼んで着替えた。

夢の話を聞いた藤尾は、

「時節柄お菓子の夢ならわかりますけど、冬場に人気が高まるももんじ喰《ぐ》いとはねえ。わかりませんねえ」

しきりに首を傾げていたが、

「それ、嘉祥御祝儀だけではない供物の起こりと関わりがあるのかもしれません」

藤尾はこの手の知識に精通していた。

「供物の起こりとは？」

「姫様は、表向き鳥や兎《うさぎ》以外の獣は食べてはいけないことになっているのを御存じでしょう？」

「ええ。それで猪《いのしし》肉は牡丹《ぼたん》、鹿《しか》は紅葉《もみじ》と言われ、総じてももんじ喰いは薬食いと方便で呼ばれているのでしょう？」

「肉食が禁止されたのは殺生を禁じる尊い御仏《みほとけ》の教えが入ってきて、広まった挙げ句のことです。嘉祥というのは元号で、仏教伝来から三百年以上後です。ですから、もし仮にこの年に嘉祥御祝儀の行事の事始めがあったとしても、供物はもはや山の幸ではあり得なかったと思います」

「仏教による禁止の前は鳥獣が供物だったというのね」

「わたくしたちのもっとも古い御先祖様はまだ住処《すみか》を定めて田畑を耕すことはせず、木の実や鳥獣や貝をとって日々の命をつないでいたはずです。とすると神は狩猟を司っていて、そんな神に捧《ささ》げる供物は血の滴る獲《と》れたての鳥獣の肉が一番でしょう。宮中や城中で振舞われる正式な嘉祥御祝儀のお菓子の中に、鶉焼きという名の饅頭《まんじゅう》があったりするのはその名残《なご》りかと思います。祭りなどの行事の供物に赤飯が欠かせないのは、赤飯が鳥獣肉の代わりだからだとも言われてきました」

「ということは、わらわが見た夢は、やはり嘉祥御祝儀に関わってのものだというのですね」

「くわしいことまではわかりませんがそのように思います」

藤尾に言い切られるとゆめ姫は少なからず憂鬱《ゆううつ》になってきた。

――せめて、この夢の繰り返しや続きは見たくないものだわ――

そう念じてこの日の眠りに入った。

――ええっ！　こんなの嘘《うそ》でしょう‼――

気がつくと姫は信二郎にしっかりと抱きしめられていた。

――信二郎様似になっていたあの黒谷彦市郎ではないわ。これは本物の信二郎様、でも

――

ゆめ姫には信二郎の鼓動と息遣いが聞こえている。

――いくら夢でも困る、困るわ、突然すぎるもの――

二

信二郎の鼓動と息遣いが激しさを増して、咄嗟《とっさ》に信二郎を押しのけようとした姫は、

――まあ、何ということ――

ごわついた生き物の感触と共に相手が人ではないことがわかった。

――あの黒い大きな犬――

犬は垂れた耳をひらひらと上下させ、黒目の多い人のようなつぶらな瞳《ひとみ》でゆめ姫を見つめている。押しのけられたのが不本意だと言わんばかりにくうんと子犬のように鳴いた。

犬が飢えかけていた若者に変わった時、牛肉の塊だけではなく、自らの脚まで食らってしまうという、気味の悪かったもんじ喰いの夢を思い出した姫が、

〝おまえは一体何者なのっ？　犬や人に化けたりして‼〟

思わず声を張ったところでこの場面は消えた。

――次には何が起きるのかしら？――

ゆめ姫は不安を感じていた。暗く何も見えない。

突然ぱっと明るくなり線香の匂《にお》いがした。

――もしかしてどなたかのお葬式？――

周りを人に囲まれていた。僧侶《そうりょ》も武士も身分が高いことを示す身形でいた。ただし見知った顔はない。

――どなたの御葬儀なのかしら？――

〝致し方なきことよ〟

どこからともなく呟《つぶや》きが聞こえた。声に聞き覚えがあった。

――それはもしかして――

その名を思い出しかけたとたん、

〝そなたには酷《むご》きこととなった、許せよ〟

初めて見知った顔が見えた。涙を流している。

その相手は姫の前に現れていた頃よりずっと若く、鬢に白髪《しらが》は混じっておらず、引き締まった身の丈も縮んでなどいない。精悍《せいかん》な武将の面構えは徳川将軍家の祖、家康《いえやす》であった。

家康は涙を振り払うと、

〝何とも尊き犠牲じゃ。このような無体な始末が当たり前のように行われる世は仕舞いにするべきだ。それには何としても天下をこの手にしなければ〟

周囲に居並ぶ家臣たちに告げた。

〝殿〟

〝殿〟

家臣たちも号泣し、

〝築山殿《つきやま》〟

〝お労《いたわ》しい〟

いっせいに姫の方を見た。

――わたしがあの築山殿？――

ゆめ姫は手足を動かそうとしてやっと気がついた。

築山殿というのは今川義元《いまがわよしもと》の姪《めい》であり、今川の人質として暮らしていた徳川将軍家の祖、徳川家康の最初の妻である。その嫡男信康《のぶやす》は織田信長《おだのぶなが》の長女徳姫《とくひめ》と結婚した。二人の間に出来る子が女子《おなご》ばかりなので、案じる気持ちが募って男子出産を念じ、築山殿は家臣の息女の中から選んで信康に側室を持たせた。失意の徳姫は正室としての憤懣《ふんまん》やる方ない想《おも》いや築山殿と信康が武田勝頼《たけだかつより》と通じていること等を、父信長に書き送った。結果、信長は信康の処刑を家康に命じた。従うしかなかった家康は、その前に家臣を介して築山殿に自害を迫ったが、築山殿はこれを拒み、家臣によって殺されて首を討ちとられた。翌月信康は切腹した。

――首のあたりがすうすうしている――

ゆめ姫はあると思い込んでいた自分の首から下が無いことにも気がついた。

――ということは――

姫は恐る恐る隣りを見た。

――あら、また――

大きな黒い犬が横たわっていると見えたが、すぐに徳川慶斉の姿に変わった。ただし顔面に夥《おびただ》しい量の赤いぼつぼつが吹き出している。

――慶斉様？　どうして慶斉様がわらわともどもこのようなお姿に、どうして――

そこで姫は飛び起きた。

「藤尾、藤尾」

慌てて駆け付けてきた藤尾に夢の中のことを話して聞かせた。

「わからないのはこの夢が何を伝えようとしているかなの。いくら何でも嘉祥御祝儀とは関わりなどないでしょう？」

「それはどうだかわかりませんよ。お菓子の甘味や風味、見栄えの良さは誰にとっても心浮き立つものです。この頃にはすでに嘉祥御祝儀は行われていたはずなので、今日のようなものではなく、ごく気軽にお菓子の受け渡しなどして楽しんでいたのでは？　築山殿は選んだ家臣の娘に菓子を与えるよう、信康様ならではの嘉祥御祝儀を仕切っていらしたのかもしれません」

「まあ、そんなこともあったかもしれないとして、なにゆえ、わらわが築山殿で慶斉様が信康様で非業の死を遂げる二人なの？　この酷な夢はわらわに何を告げようとしているの？」

「そこまでは、わたくしにはとても――」

当惑顔で藤尾が頭《こうべ》を垂れてしまったとたん、さっと視界が閉ざされ、目映《まばゆ》い光の中に巨大な氷室《ひむろ》と梅鉢の紋が見えてきた。襷《たすき》をかけた下働きたちが忙しく働いている。

——梅鉢は加賀前田《かがまえだ》家の定紋、これは本郷《ほんごう》にある前田家の氷室開きの様子だわ——

氷は貴重なもので、水無月に入ってすぐ行われる前田家の氷室開きでは、まずは将軍家へ冬の間に国許《くにもと》から運んで貯《たくわ》えた雪が献上される。

——たしか御三卿《ごさんきょう》の慶斉様のところにもこの氷が献上されている。慶斉様は無類の氷好きだった——

三

この夜、姫は夢の続きを見た。隣りには黒い犬が腹を見せて横たわっている。すぐに慶斉に変わると思ったが、そうはならず、閉じていた両目が開いた。その目は黒い毛並みよりもさらに黒く、きらきらと黒曜石のような光を放っている。耳は垂れたままで、ふさふさしているやはり黒い尾が引き千切れんばかりに振られていた。

——氷にだけは気をつけるよう——

あろうことか、犬がゆめ姫の心に話しかけてきた。

——前田家より献上の今時分の氷のことね——

姫は念を押したがすでに犬は慶斉の骸《むくろ》に変わっていた。

そこで短い夢は終わり、目が醒《さ》めたゆめ姫は藤尾を呼んだ。

「あの犬は慶斉様が前田家からの氷を口になさったら命を落とすと、注意を促しているのだと思います」

姫は言い切り、

「すぐに浦路を呼んで」

この時初めて大奥に帰ってきていてよかったと思った。

「何用でございましょうか」

打ち掛けの裾捌《すそさば》きも颯爽《さっそう》と浦路が訪れた。

お菊の方亡き後、手塩にかけて姫を育てた浦路だけに、怪訝《けげん》そうな顔の下についつい笑みがこぼれそうになり、姫の方から呼んでくれたうれしさを隠しきれない。

ゆめ姫は浦路にも事情を話した。

「まあ、夢の中とはいえ姫様が築山殿に――。実はわたくしも手入れが不行き届きだと報《しら》された、駿府浜松《すんぷはままつ》にある築山御前霊廟《れいびょう》、月窟廟《げっくつびょう》のことが気になっていたところでございました。築山殿は息子夫婦に嫡男の授かりを願う、世にありがちな姑《しゅうとめ》にすぎず、密会や密通等の罪状については信長公のお怒りを権現様《ごんげん》（徳川家康）が怖《おそ》れてのことだと後日おおむね解釈されております。とはいえ、潔白だった築山殿がお家に仇《あだ》しようとしているとは――」

浦路は青ざめ、

「築山殿のお恨みかどうかはわかりません。けれども、前田家献上の氷が慶斉様に禍《わざわい》をもたらすことだけは止めたいのです」

一瞬姫も築山殿の怨霊《おんりょう》が惨事を引き起こそうとしているかのように思えた。

「姫様の許婚《いいなずけ》である慶斉様もまた徳川家の濃い御血筋。二百年以上の歳月を経ても築山殿のお恨みは消えないのですね」

築山殿の仕業だと信じ込んでいる浦路は珍しく肩を震わせた。

――いけない、いつも冷静沈着な浦路の取り乱しようにわらわまで釣られてしまっている。

ゆめ姫は自分に言い聞かせて、
平常心、平常心――

「それならば、なぜ築山殿はいの一番に将軍の父上様やわらわたちに報復しないのです？　わらわたちは常の年のように父上様以下、美味《おい》しく前田家の氷を白蜜《しろみつ》や黒蜜でいただき、何事もありませんでした。おかしくはありませんか？」

浦路に問い掛けた。

「姫様の首は身体《からだ》と離されていたのでしょう？　何ともおぞましく恐ろしいお姿です。まさに悲運な築山殿の骸の有り様そのものです。将軍家の姫様を自分と同じ酷い様子の骸にする、陥れられて徳川家憎しの築山殿にとってはそれだけで充分な報復ではありませんか？」

浦路はこともなげに言い放ったが、

「築山殿と権現様との間にお生まれになった嫡男信康様はあのようなことにならなければ、

徳川家の二代様になられたはず。築山殿の霊が徳川の長き治世をも恨んでいるのだとしたら、徳川将軍である父上様こそ、何としてでも亡き者にしたい相手では？　わらわにはなぜ慶斉様なのかわからないのです」

姫は反論した。

「霊は先が見通せることもあるのだと姫様に伺いました。だとしたら、きっと慶斉様は姫様と結ばれて将軍の地位にお就きになるお方なのでしょう。お二人して徳川の血を色濃く花開かせるのが築山殿には許し難いことなのだと思います」

浦路が言い切ると、

「そうかしら。わらわの夢の中での役割はそのようになることを意味しているのではなく、そこまで強く思い知らせて、現世で今気になっていることを解決させる意図なのでは？　これはわらわを築山殿、慶斉様を信康様に見立てたものではなく、ひたすら慶斉様のお命を案ずる警《いまし》めなのではないかと思います」

ゆめ姫は話しかけてきた黒い犬に思い到《いた》り、

——全《すべ》てはあの犬が仕掛けてきたことなのでは？——

そうも思ったが浦路には告げなかった。

——浦路に言ったら〝犬が話すなんて話、どうせ瓦版《かわらばん》屋の出任せですよ、その証《あかし》に十日に一度はその手の話が載るでしょう。ああいう埒《らち》もないものに惑わされる市中に姫様のようなお方がおられてはなりません〟などとお城へ戻るようにというお説教が降ってくるは

ずー

「姫様のご心配は慶斉様のことですね。ならばすぐに慶斉様のところへ人をやって、前田家からの氷は召し上がらないよう申し上げましょう。前田家では将軍家に献上の後、御三卿の方々に献上なさる習いですから、御三卿の方々にはまだ献上なさっていないはずです。でもそろそろでしょう。急ぎ間に合わせます」

そう告げた浦路は裾を翻《ひるがえ》して足早に下がった。

その夜の夢には見知らぬ場所ではあったが、かなり豪奢《ごうしゃ》な屋敷の客間が見えていた。

障子が開けられて家老格と思われる、身形と恰幅《かっぷく》がいいだけではなく、皺《しわ》と皺の間に賢人の面相が見てとれる年配の男が入ってきて上座に座った。

遅れて入ってきた男は痩《や》せ型の坊主頭に黒い十徳《じっとく》姿、薬籠《やくろう》を手にしている。家老格の男ほどではなかったが若くはない。一目で研鑽《けんさん》を積んだ医者であるとわかった。

〝その後、若殿のお具合はいかがか？　召し上がったあの前田の氷が悪かったのでは？毒でも入っていたのでは？〟

家老格が憤怒の形相で口を開いた。

〝前田の氷のせいではございません。疱瘡《ほうそう》（天然痘《てんねんとう》）ならではの高熱のせいでお身体全体が弱ってきておられます〟

医者は短く応《こた》えて頭を垂れたままでいる。

〝そなた、法眼《ほうげん》だというのに疱瘡一つ治す手立てはないのかっ〟

家老格の男の声がびりびりと震えた。

〝白い瘡《かさ》が赤くなって熱が外へでれば、治癒も望めるのですが――。若殿様の全身に広がっている瘡は白いままなのです。白い瘡は病魔が五臓六腑を蝕《むしば》んでいるという証です〟

医者は頭を下げたまま病状を説明した。

〝わが若殿は文武両道、勉学だけではなく、剣術、馬術にも優れた才をお持ちでいられる。病弱な他藩の若君とは異なり、幼い頃から長く臥《ふ》したことなどもない。にもかかわらず、どうしてこのような恐ろしい病魔に取り憑《つ》かれてしまったのだ――〟

家老格の口調は愚痴めいてきた。

〝この病は長じて罹《かか》るとたいていが重いのです。せめてお小さいうちに罹っておられれば――〟

医者もまた愚痴めいた物言いをした。

〝御家老様〟

障子の向こうで威勢のいい声がした。

〝入れ〟

〝はっ〟

入ってきた若い家臣は医者と並んで下座に座った。

〝まずは疱瘡神様にご挨拶《あいさつ》の寄進をしてまいりました〟

疱瘡は疱瘡神が引き起こすものだという俗説を信じる向きも多く、市中にある幾つかの疱瘡神社では疱瘡神を祀《まつ》って機嫌を取り、暴れないでほしいと宥《なだ》めていた。

〝それとこれらをもとめてまいりました〟

若い家臣は風呂敷《ふろしき》の包みを解いた。中からは〝疱瘡神除《よ》け〟と書かれた大きな張り子の犬と〝赤絵〟が取り出された。これは疱瘡神が犬や赤色を苦手とするという言い伝えに根ざしている。

広げた〝赤絵〟には源為朝《ためとも》、金太郎《きんたろう》、獅子舞《ししまい》、達磨《だるま》等が描かれている。為朝が描かれるのは、八丈島《はちじょうじま》に配流された為朝が疱瘡神を抑えたので島に疱瘡が流行しなかったという英雄伝によるものであった。

〝大儀であった〟

家老格は若い家臣を労《ねぎら》うと、

〝疱瘡は赤い瘡になると命を落とさぬと言う。ここにある犬は疱瘡神除けとなろうし、赤絵の数々が若殿の白い瘡を赤く変える効能を示すのではないかと思う。どうか？　違うか？〟

大きな声を張って目の前の医者の顔を睨《にら》みつけた。医者は額から夥しい冷や汗を流しながら、

〝は、ははあ〟

ひたすら平伏していたが、

〝た、大変です〟

〝若殿様が、若殿様が〟

ばたばたと若殿の急変を告げる者の声と足音が聞こえると、立ち上がって廊下に出て脱《だっ》兎《と》のごとく走った。

この後は珍しくもない闇《やみ》に包まれてゆめ姫は以下のような声を聞いた。

〝若殿様にこのような不運が見舞うとは思ってもみなかったぞ。まあ、長じてからの疱瘡は麻《ま》疹《しん》同様、ことさら重き病だとは言われているがな〟

〝江戸家老様が氷のせいだとおっしゃっていたが、疱瘡だったとは〟

〝しかし、あれは流行病《はやりやまい》だろう？　いったいどうやって若殿様は罹られたのだろう？〟

〝待てよ、そういえば前田家でも家中の者たち何人かが罹り、下屋敷の地下に移したと聞いている。だがこれとて何も氷が禍したのではあるまい〟

〝若殿はよほど氷がお好きなのだろう、氷の献上の折に限っては前田の使いの者たちに会って、労われていた〟

〝疱瘡はあの前田の御家老様の使いの者から伝染《うつ》った？　まさか――〟

そこで声は途切れた。

四

しばらくは闇からは何も聞こえなかった。暗がりがうっすらと明るくなった。土蔵に灯《とも》が点されている。中はよく整理整頓が施されていて、持ち主の几帳面《きちょうめん》さが見てとれた。

四十歳ほどにしては皺深い顔の男が積み重ねられている長持《ながもち》の前に立っている。小袖に羽織を重ねた木綿の普段着姿ではあったが、髷に乱れはなく、如何《いか》にも実直そうな武士の様相であった。

〝隆太郎《りゅうたろう》よ〟

男は愛《いと》おしそうに呟いた。

〝なぜ、病に負け、われら父母を置き去りにして死んでしまいおったのか。後にも先にもたった一人の息子で跡継ぎだったというのに――〟

男は独り言を続けた。

そして幾つも長持を持ち上げて最下段にあった目当ての長持の蓋《ふた》を開けた。

〝これぞ形見よの〟

一枚の寝巻を取りだした男の声が感極まって震えた。

〝おまえの後を追うように悪い肺の臓の病に罹り、ついこの間黄泉《よみ》へと旅立ったおまえの母は、どうしてもこれだけは捨てられない、お咎《とが》めを受けてもかまわない、これを抱いておまえのところへ行くのだときかなかった。あばたがあるというのに、同じ病で死にたいなどと無理を言い、そうすればあの世でおまえを探せると信じ続けていた。わしは仕方なくこの長持に封印した。上に何段も長持を積んだのはおまえの母に持ち出させないためだった。そして、今、死なれてみるとわしはこの身が寂しくてならぬ。あいつもわしもあばたがあって、思い通りにはならぬが、おまえに続いて死にたかった〟

男は畳まれていた寝巻を広げた。麻で出来ている藍《あい》色の寝巻には、ところどころに乾いた血糊《ちのり》が赤黒いシミになっていた。

〝せめて形見を〟

羽織と小袖を脱いでその寝巻に袖を通そうとした時、男の身体が大きくぐらりと傾いて倒れた。

ここでまた何も見えなくなり、次に見えたのはこの寝巻を手にして、座っている若い侍の姿だった。赤子を背負った妻は甲斐甲斐《かいがい》しく煮炊《にた》きに精を出していた。

〝不慮の死を遂げた御納戸《おなんど》役のご用を言いつかるとは恐れ多いことですね〟

妻に話しかけられた夫は、

〝御納戸役の原口《はらぐち》様は毎年氷奉行として、上様をはじめとして皆々様への献上を仕切っておられた。お手伝いの打ち合わせに呼ばれて奥方様が亡くなったばかりのお屋敷に伺ったところ、客間におられないので御家来衆に原口様の居所を訊《き》くと土蔵だと答えた。土蔵へ向かったところ、すでに原口様は事切れておられた。おそらく卒中であろう。上様への献上を滞りなく終えた後、長きにわたるお務めのお疲れがどっと出たのだと思う。それで急遽《きゅうきょ》、氷の献上の残りはわれらが仰せつかることになった。常のことゆえ案じるまでもない。恐れ多いというならこの寝巻だ。亡くなられていた原口様が手にしておられたので、咄嗟に形見にといただいてしまった。原口様には氷の運び方にも献上の礼儀があると叩《たた》き込まれた。よく叱《しか》られもしたが生きていてほしかった〟

感無量な様子で膝《ひざ》の上の寝巻に手を当てた。

この場面が消えたとたんゆめ姫は目覚め、筆を取って紙に走らせた。

加賀前田家の原口という氷奉行のことと、献上済みの家で疱瘡で亡くなった者がいないかどうか、氷献上に関わった家臣たちや献上家一覧と共に急ぐくまなく調べること。

藤尾を呼んで、

「浦路にこれをすぐに渡し、中本《なかもと》先生に登城して頂くよう伝えて」

西ノ丸から浦路の元へと走らせた。

中本尚庵《しょうあん》は打ち明けずにはいられなかった差し迫った理由から、ゆめ姫が将軍家の息女であることを知る数少ない一人であった。

姫は迎えの乗物で駆け付けた尚庵に、

「大流行《おおはやり》する年の疱瘡はどのようにして伝染るのでしょうか？」

もどかしげに訊いた。

「病人のくしゃみやよだれ等の飛沫《ひまつ》がかかるだけではなく、ほんの少し肌と肌が触れても伝染ります」

尚庵はただ事ならぬ姫の焦燥している様子に緊張の面持ちで端的に答えた。

「罹ったらすぐに罹ったとわかるのでしょうか？」

「人にもよりますが七日から十六日は不調がなく気がつきません。発症すれば高い熱と頭痛、腰痛に見舞われます」

「ということは風邪《かぜ》だと思い込んでいる場合もあるのですね」

「その通りです」

「風邪ぐらいでは無理してお役目を果たそうとするでしょう？　お役目の折、知らずにうっかり相手に伝染してしまうこともあるのでは？」

「あり得ます。疱瘡の流行の始まりはこれに尽きます。先ほど申しましたように疱瘡はとても伝染りやすい病なのです」

「衣類に付いた膿《うみ》から伝染るようなことは？」

姫は夢の中の夜着のシミが気になっていた。

「あり得ます。疱瘡の膿はたとえ乾いて瘡になっていても最低一年は悪さをいたしますから。悪性の強い膿ならもっと長きにわたって生き続け、人が触れれば取り憑かれます。それゆえ、患者の着ていた物は焼き捨てるようにと、お上もわたしたちも厳しく言ってきました。けれども、重く考えずに従わない者たちがいたり、あるいはわかっていても形見に取っておきたがったり、何かの弾みで事情を知らない者が触れてしまい、流行の緒《いとぐち》になってしまうこともあるのではないかと思います」

――今見た夢がまさにそれだったのだわ――

得心したゆめ姫の元に、

「只今《ただいま》、仰せの調べがつきましてございます」

浦路が部屋に入ってきて紙を差し出した。それには以下のように書かれていた。

加賀藩江戸詰氷奉行原口隆吉郎《りゅうきちろう》は例年通り将軍家への氷献上後病死。代理は原口の腹心の部下である君原禎之助《きみはらていのすけ》が果たしていた。献上先では二、三の大名家に病死者あり。君原も昨日より重き病にて臥し、献上は大友小三郎《おおともこさぶろう》という別の者が務めている。

献上先は以下の通りである。

この先は加賀藩につきあいのある藩や寺社が書き連ねてあった。御三卿の一つである慶斉の一橋《ひとつばし》家の名は無かった。

――君原様の代理が疱瘡に罹ったことがないとしたら大変。ああ、でも何とか間に合うわ――

ほっと胸を撫《な》で下ろした姫は慶斉に向けて文《ふみ》を書いた。

加賀藩前田家の家臣で疱瘡を病んでいるかもしれぬ者が氷を献上にそちらへまいる頃です。けれども決して会ってはなりません。幼き頃からあなた様は氷が好きで好きで、跳ね廻《まわ》って献上氷を歓迎していましたから案じられます。好物というのは三つ子の魂百までと申しますゆえ。じきじきに前田の家臣に会われて礼を言いかねません。気持ちはわかりますが駄目でございます。つるりとしたお顔のあなたはまだ疱瘡を患ってはいないはず。大人になって罹れば必ず命を落とします。他家の御嫡男たちの何人かもこの凶事に巻き込まれてしまいました。

わらわは悲運と怨念の印のような築山殿の骸になった夢を見ました。隣りにいたあなたは自刃された信康様で顔に治癒していない疱瘡の瘡がありました。これは有り難い警めです。どんなに残念でも今年は氷を諦《あきら》めてくださいませ。

ゆめ

慶斉様

「氷の献上は昼前に行われるはずですので、この文をすぐ届けてください」

「承知いたしました」

浦路は緊迫した面持ちで急ぎ部屋から下がった。

中本尚庵はまだ控えている。

「疱瘡に罹った者の様子は？」

ゆめ姫は原口の代理で倒れた君原の家族を案じていた。

――あの家には妻と赤子がいた。伝染らないでいてくれるとよいのだけれど――

「三、四日して一旦《いったん》熱が下がり、頭や顔に肌色または白っぽい小さなぶつぶつの発疹《はっしん》が出来て、全身に広がっていきます。この後また高熱となります。発疹の化膿《かのう》によるものですが、五臓六腑にもこうした発疹はできているものと思われます。発疹が身体の中よりも、肌に多く出ていて膿《う》んでしまえば、顔にあばたは残るものの、もう一生罹らず治るとされています。逆に内に籠《こ》もって肺の臓がやられると息が止まって死にます。疱瘡は患者の持ち合わせている力が生死を決めるのです」

——君原は不運であったけれど、妻子ともども病に負けず生きていてほしい——

姫は切に思わずにはいられなかった。

五

前田家からの氷献上を丁重に断ることができてこと無きを得、西ノ丸の中庭にある桜の木の幹が慶斉の顔を浮き上がらせた。慶斉はゆめ姫ほどではなかったが、心を樹木の幹に宿らせる霊力があった。

〝何よりでございます〟

姫は声を掛けた。

〝この通り元気です。大奥総取締役の浦路が駆け付けてきてあなたからの文を渡してくれました。そして、くわしい話を聞きました。あなたのおかげです。こんなにまでわたしのことをあなたが想ってくれているとは——感激しました。そして御礼《おれい》の申し上げようもありません〟

慶斉の声は感極まっていた。

〝いえ、わらわは当然のことをしたまでです。お忙しいのにおいでいただいてよろしいのですか？〟

御三家、御三卿は将軍家にとって重要な親戚《しんせき》筋であり、将軍家直系に跡継ぎがいない場合に限って、御三家御三卿から選ばれて将軍職が継承されていく。

御三卿の家に生まれつき、将軍家の子女と言い交わしている慶斉は、ゆめ姫の年の離れた異母兄の嫡男で甥《おい》に当たる将軍家直系が、虚弱体質の上、子を生《な》していないとあって、いずれは将軍職に就くのではないかと見做《みな》されはじめていた。

慶斉が忙しいのは将軍になるかもしれないがゆえに、さまざまな筋から挨拶を受けたり、届けられてくる文や贈答品に返信、返礼をしたためなければならないからであった。

滅多に愚痴を口にしない慶斉だったが、

〝どこから聞きつけてくるのか、内々《うちうち》の催し物や仲間を集めてのちょっとした趣味の集まりにも、何人も人を介して、見知らぬ人たちが訪れてくるのですからたまったものではありません。じいに言わせると、――人の口はうるさいもの、気持ちよく迎えて何事もなきように。断りでもしたらどんな仕打ちを受けるやもしれない――とのことなので無下《むげ》には断れないのです。真《まこと》に気骨が折れます〟

ふと洩らしたことがあった。

〝こんな言い方をすると疱瘡に罹った前田家の家中の者たちには申しわけないが、わたしが疱瘡に罹ったことがないことを知っているじいは、「これは一大事」と大慌てに慌てて、「何人かの御嫡男が亡くなられたとは——。とにかく疱瘡は蔓延《まんえん》する病、どこから入ってくるか、誰から伝染されるかわかったものではありません。殿はしばらく、どなたにもお会いにならない方がよろしいかと存じます」と屋敷の門を固く閉ざしてしまいました。おかげで自分の部屋に籠もり、しばらくはゆっくり好きなことをして暮らせそうです〃

〝それはようございました〃

姫は桜の幹に向けて微笑んだ。

〝あなたはこのところ珍しく西ノ丸においででしょう？　わが屋敷に近いというのに、じいが見張っていてあなたのところへ行けないのは残念ですが——〃

ぼやく慶斉に、

——たしかに幼い頃のように無邪気に遊ぶことができないのはつまらない——

姫は心の中でだけ呟いたつもりだったが、

〝ほんとうにその通りです〃

木の幹に宿る慶斉がゆめ姫の心を見透した。

〝ごめんなさい、埒もないことを申しあげて〃

姫は心から詫《わ》びて、

〝今更幼い日に戻ることなどできないのですから、今は前を向いて歩んでいくほかはありません〃

自分にも言い聞かせた。

〝ところで浦路から聞いた築山殿が出てくるあなたの夢なのですが、わたしは築山殿の骸になっているあなたの横に、信康様の骸の姿で横たわっていたそうですね〟

慶斉の念押しに、

〝そのお顔に疱瘡特有の発疹がありました〟

ゆめ姫は死病ともなる疱瘡への怖れと受け止めたのだったが、

〝わたしはこのところ、あなたと真に結ばれる運命なのかと、曰《いわ》く言い難く切ない心持ちになるのです。あなたと結ばれなければ、訪ねてくる方々のお相手などしていても無駄ではないかとさえ——。そこにあなたの見た築山殿と信康様の夢です。お二人は夫婦《めおと》ではなく、許婚同士でもなく親子です〟

相手は夢に関わってさらに募った不安な心の裡《うち》をぶつけてきた。

〝たしかに。三代大猷院《だいゆういん》（徳川家光《いえみつ》）様以降の御台所《みだいどころ》は京の姫御前《ひめごぜ》ですから、わらわとあなたが結ばれることなど今までにないことなのです。でも、今の御台所で義母上《ははうえ》様である三津姫《みとひめ》様は京から嫁した御台所様が早世した後、武家から娶《めと》られたお方です。それに、夢はわらわにあなたの命を助けさせました。もしかして、これは将軍となる天命のあなたを助けよということなのかもしれません〟

姫は自分でも意外なことに冷静だったが、

〝わたしは相手があなたでなければ将軍などになりたくはありません〟

幹に宿った慶斉は叫ぶ代わりに大きく顔を歪《ゆが》ませた。

〝今だってあなたと一緒に楽しみたいことが沢山あるのです〟

慶斉は言い募り、遂には、

〝実はわたしは南蛮流の料理人になりたいのです〟

ゆめ姫が想像だにしていなかった自分の希望を口にした。

〝でも、あなた様はたとえ将軍にはならずとも、御三卿のご身分、それに南蛮流の料理は長崎の出島《でじま》で供されているだけでは？〟

姫は正直呆《あき》れた。

〝わたしをとんでもない馬鹿だと思っていますね〟

慶斉は言葉とは裏腹に愉快そうに言い放った。

〝馬鹿とは思いません。けれども馬鹿に近い無茶だとは思います〟

今の慶斉を相手に誤魔化しはきかない。

〝なりたいのは南蛮流の料理人と言いましたが、正確には南蛮菓子職人です〟

〝南蛮流のお菓子と言われても、わらわにはカステーラ、ボーロぐらいしか思いつきません〟

〝もっともっと夢のように美味で美しい菓子や料理が、海を越えた遥《はる》か向こうで生まれているのだそうです。これらを作ったのは菓子作りの修業を積んだ職人たちで、ゆえにその者たちが手がける料理さえもが、美味なだけではなく、菓子のように美しく物語のように楽しくもあるのだとか――。是非とも作ってあなたに召し上がってほしい。一緒に食したい〟

〝その折にはわらわも手伝いますので、作り方を教えてください。一緒に作って食したいものです〟

ゆめ姫のこの言葉に、

〝本当ですか？〟

慶斉は歓喜したが、

〝物事は何でも一つ一つのことの積み重ねだと思います。今を乗り越えたらきっと次が見えてきます。あまり先を見透そうなどと思わなくてもいいのでは？〟

姫はやんわりと相手の思い詰めた直情を躱《かわ》した。

〝何とか、南蛮流の菓子と料理の作り方が書かれたものを手に入れてみせます。その代わり、一緒に作って食しましょう、きっとですよ。ああ、それから理由《わけ》はともあれ、今年氷を食べ損ねたのはとても残念――〟

こう言い残して慶斉の顔は桜の木の幹から消えた。

市中に疱瘡が流行《はや》るかもしれないという危惧《きぐ》を抱いた浦路は、嘉祥御祝儀の行事でも、前田家だけは別室に招いて菓子を下賜するよう、側用人《そばようにん》の池本方忠に進言し、その通りになった。

幸運にも疱瘡の流行は、氷奉行配下の君原禎之助と接触した前田家家中と大名家数家で

食い止めることができた。疱瘡は発症から治癒まで時がかかる病とあって、

「まだ先はわかりません」

ゆめ姫は七夕《たなばた》が近づくまで浦路に西ノ丸に引き留められた。

西ノ丸から市中へと戻る日の前日、姫は久々に夢を見た。ゆめ姫の目の前に覚えのある慎ましい武家の座敷が広がっている。

〝加賀藩御納戸役の君原禎之助でございます〟

その若い侍をすでに夢では知っていたが、話しかけられるのは初めてだった。病み疲れた様子で痩せ細り、顔にはまだ発疹の名残《なご》りがあった。

――もしや――

亡くなって霊になっているのではないかと思ったが、

〝お陰様でこうして生きております。まだ完全には治ってはおりませんが、疱瘡との闘いには何とか勝ったようです。妻はすでに子どもの頃に罹っていたので伝染らず、忙しくて抱いてやれなかったことが幸いして、赤子の方も変わりなく、今は実家《さと》で世話になっております。わたくしども家族には大事なかったというのに、わたくしのせいで御大名家では嫡男の若様方が罹り、亡くなった方々もおられるとのこと、まことに申しわけなく思っております。二度目の発熱がおさまって、このまま治癒するとわかってからは、責をとり腹を切る所存でございましたが、上様御側用人の池本方忠様が当家の江戸家老をお訪ね下さり、――全てのことは嫡男を亡くした後、跡継ぎを決めずに亡くなった氷奉行原口隆吉郎

ゆえとし、先のある君原禎之助に一切の責は負わせぬように――とのお言葉をいただきました。あまりの有り難さにこれだけはと思いつつ、病臥《びょうが》していたゆえに出来なかったことを今からしなければなりません〟

こうして治癒しかけている君原は神棚に手を合わせた後、〝禁〟と書いた紙を貼《は》ってある押し入れの中の柳行李《やなぎごうり》を開けた。原口隆吉郎の息子の形見の藍色の寝巻が取り出された。その後、君原はやや頼りない足取りながら裏庭に下り、手にしていた藍色の寝巻に油をかけて火を点《つ》けた。

疱瘡の瘡が付いた寝巻がめらめらと燃え上がっていく。そのさ中、座り込んでじっと見守る君原の前を黒く大きなものがさっと横切った。

六

――また、あの黒い犬だわ――

この時、ゆめ姫にはまだ全ては終わっていないように思えた。

――たしかこの犬は自分の脚を食べさせられる若い男に変わった。この犬を見たのはそれが初めて――。あの夢と築山殿、信康様を通して、慶斉様に降りかかろうとした凶事を報せてくれた夢とは別の何かが？　それとも犬が関わっている以上、どこかで繋《つな》がっているのかしら？　今はまるでわからない――

目覚めた姫は晴れない気持ちになっていた。

市中にゆめ姫が戻ってほどなく、

「お帰りになられるのをお待ちしておりました」

待ちかねた信二郎が訪ねてきた。前田家に端を発する疱瘡騒動については、そもそもが町方の関わることのできない事件でもあり、固く秘されていて、幸いにも市中への広がりはなかったので信二郎の知る由もなかった。

「何事か、市中でございましたか？」

姫は緊張と憔悴《しょうすい》の入り混じった面持ちの信二郎に訊いた。

「このところ夢は見られますか？」

いつになく信二郎は持って回った言い方をした。

――これはきっとよほど手強《てごわ》い事件に遭《あ》っているのだわ――

「夢は変わらず見ていますが、お役目に繋がるものばかりとは限りません。どうか、市中で起きていることをお話しください」

ゆめ姫は信二郎の顔を凝視した。

「しかし、このような骸の話はあまりに無残すぎて――」

「そのためにおいでになったのでしょう？　助言させていただくのはわたくしのお役目です。骸がどうあろうと遠慮は要りません」

「それでは聞いてください。これは慣れているはずのそれがしたちでさえ、気分が悪くなるような骸です。はじめに品川《しながわ》近くの海に浮いている胴体を漁師が見つけました。心の臓を一突きされていました。その後、左右の両手両足は芝の通新町《とおりしんまち》、浜松町《はままつちょう》四丁目各々の長屋の塵芥箱《ごみばこ》の中から出てきたのです。海に捨てられてさほど時を経ていなかった胴体に両手足を合わせてみると、切り口がぴったりと合いました。切り口はギザギザしていて、刀で斬《き》り落とされたのではなく、鋸《のこぎり》が用いられたようです。ほぼ町人の仕業と断じてよろしいかと思います。首はまだ見つかっていません」

「それでは骸の主《ぬし》が誰だかわかりませんね」

「ええ、身体のどこかに彫り物か、せめて腕に入墨でもあれば突き止めやすかったのですが、それもありませんでした。皆目見当がつかぬままです」

信二郎はふうと大きなため息をついた。

――よほどお疲れなのだわ、こういう時はまずは甘い物――

そこで姫は藤尾を呼んだ。

「金鍔《きんつば》を買ってきて」

金鍔は信二郎の大好物であった。

「はい、今すぐに」

応えた藤尾はそわそわとどこか心ここにあらずであった。

「やはり、相当騒がれているのでしょうね」

信二郎は藤尾の方を見た。

「ええ、まあ、ことがことですから」

うつむいた藤尾は信二郎の視線を避けた。

「ことがことって何なの？　藤尾」

ゆめ姫に訊かれて、

「それはこうして信二郎様がおいでになっておられる用向きのことです」

藤尾は下を向いたまま呟くように言った。

「無残な骸が瓦版の恰好《かっこう》のネタになっているのです。毎日飛ぶように売れています。骸の主さえ調べられない奉行所の体たらくも、重ねてネタにされているのです。たしかに戯作者《げさくしゃ》の目だけでみれば面白い一件ですが、それがしには与力《よりき》のお役目もあり、瓦版に揶揄《やゆ》されているのが気に入らない上役から、早く骸の主を突き止めて、下手人を捕まえろと厳しく追及される日々なのです」

信二郎は苦笑した。

――何とか、信二郎様のお役に立たなくては――

「わかりました。藤尾に金鍔と一緒に瓦版を買い求めさせて、わたくしも読みます」

こうして姫は市中を震撼《しんかん》させているばらばらにされた骸の夢を見ようと張り切った。

寝入る前、念じたようにゆめ姫は頭の在処《ありか》を知る夢を見た。

――やはりね――

夢の中で姫は得心した。黒い犬が出てきたからである。ただし後ろ足で立ち上がって奇妙な動きで踊っている。よく見ると人の肩に当たる犬の背中で独楽《こま》がくるくると回っていた。

――犬の独楽回し？――

次には黒い土の上に草の新芽を植えようと伸びている人の手が見えて姫は飛び起きた。

――土いじり？　田植え？　これらは判《はん》じ絵《え》で何か別のものを意味しているのだろうけれど、わらわにはわからない――

判じ絵とは、絵に置き換えられた人名や地名、名所、動植物、道具類などを当てる遊びであったが、描かれている絵が置き換えられているものとかけ離れていることもあり、庶民の暮らしに疎いゆめ姫はあまり通じていなかった。

それでも筆でこの様子を描いたゆめ姫は、藤尾を呼んで、

「これをすぐ、使いの者に信二郎様のところまで届けさせて」

二枚の判じ絵を手渡した。

信二郎からの文が届けられてきたのはこの日の夕刻近くであった。

あなたのおかげで殺された男の首が出てきました。犬が肩で独楽を回している判じ絵は駒《こま》が回っている肩、駒形《こまがた》と解きました。また、土に新芽が植えられているのは土を〝つち〟ではなく〝ど〟と読み、描かれている絵の上の方があまりに空白が多いことから、意味しているのは上、〝じょう〟ではないかと思いつきました。〝ど〟と合わせて〝どじょう〟です。

駒形にはどじょう鍋《なべ》を供するどじょう屋が何軒かあります。この何軒かを調べてみたところ、家作を何軒も持っている裕福などじょう屋がいました。まずは悟られずに首を放置しておくか、埋めやすい空家を調べたのですが、誰もいない家の中はもとより、庭に土を掘り起こした跡《あと》も見受けられず、的外れでした。そこで残りの貸家を軒並み調べていくことにしました。その途中で、このところ、野良犬《のらいぬ》が始終鳴いて近所にうるさいと苦情を言われ続けている老夫婦の家に行き当たりました。揃《そろ》って耳が遠くなっている老夫婦がひっそりと住んでいた家の裏庭にそれらしき跡があり、掘り起こすと首が出てきました。

ここで暮れ六ツ（午後六時頃）の鐘が鳴り、今やっとその首を胴体と合わせました。首の切り口が合いましたので、掘り出して見つけたのは間違いなく、ばらばらにされている骸の首だと断じることができました。

以上が骸の首を見つけるに到った顛末《てんまつ》ですが、幾つか不可解に思っている点をお報せしておきます。

・どうして、この骸の首を埋めるのに老夫婦の家の裏庭が選ばれたのか？　誰も借りていない空家の方がよかったのでは？

・吠《ほ》える犬の鳴き声こそ周囲の人たちが聞いて迷惑がっていたが、犬の姿を見た者はいない。白い犬だとも、煎餅《せんべい》色だ、いやあれは野良ではない立派な紀州犬《きしゅういぬ》だなどと近所の者たちは勝手に各々違うことを言っている。老夫婦は一度だけ黒い犬の姿を見たというが、自分たちは耳が遠いだけではなく目も霞《かす》みがちなので、もしかしたら犬の影を見たのかもしれないとも言い直した。ゆえにこの老夫婦の話も含めて全てが当てにならない。

一方、苦情に窮した老夫婦は野良犬を捕らえようと罠《わな》を仕掛けたが、餌《えさ》は食われぬままになっていた。地下の骸の首を目当てに吠え立てているのであれば、当然、置かれた餌をいの一番に食べるのではないか？　利口な野良犬で仕掛に気づいていたゆえか？　そもそもその犬は何日も吠え立てるばかりで、なぜ骸の首を掘り出して食べなかったのか？

ゆめ殿　　信二郎

――犬はあの黒犬に違いない。老夫婦は犬そのものではなく影にも見えたと言っているけれども、老いた目のせいなどではない。あの犬はわらわの夢の中に出てくる犬だから――、この世のものではないから――、でもどうしてわらわの夢だけに止《とど》まらず、この世に出てきたのかしら？　あの犬はわらわにこの世で起きた事件に乗り出してもらいたいのでは？　それがこの骸ばらばら事件？――

この時、姫は一瞬、手にしていた文が見えなくなった。白昼夢の到来である。

土の上に転がっている首が見えた。白髪混じりの髷がざんばらにほどけていて、顔は土にまみれている。眉《まゆ》も目も口もやや下がり気味の情けない造りの顔ではあったが、額は極端に狭く、顎《あご》が突き出ていて、鼻だけが天狗《てんぐ》のように高く大きかった。

──もしやと思っていたのにはじめて見る顔だわ。自分の脚を食べていたあの汚れた小袖をまとった若者ではない。あの若者の目は愚かしいまでに無心に澄んでいた。といって、向かい合って若者をもてなしていた、身形や恰幅《かっぷく》のいい、奸智《かんち》も理知のうちと心得ているらしき世慣れた年配の男でもない──

ゆめ姫の予想は外れた。

──それにしても何と嫌な顔なのだろう。どんな人も生まれた時ぐらい澄んだ目をしているはずだと信じてきたけれど、この骸の目はなぜか生まれつき濁りきった目をしていて、そのままどろどろと小さな悪を重ね、お縄にならない代わりに、このような無残な死に方を定められていたような気がする。人にはそんな生き死にもあるのだと思い知らされたような──

七

白昼夢から覚めた姫は、筆を取って今見た骸の頭を絵に描いた。

するとまた目の前が閉ざされて光の輪が見えて、黒く大きなあの犬が人懐こいというよりも賢そうに輝く瞳を向けてきた。

──やはり、この一件に若者とあの老獪《ろうかい》そのものの男が関わっているということなのだわ――

得心して眠りに就くと、この夜は夢とは無縁でぐっすりと眠れた。決してたけれども目が覚めたとたん、部屋の端から端へとあの犬が走ったのが見えた。だの影を錯覚したのではなかった。

――犬は理由《わけ》あってこの世に彷徨《さまよ》い出ている――

「信二郎様がおみえになりました」

藤尾が告げてきた。

――あら、いやだ、もうとっくに朝六ツ（午前六時頃）を過ごしてしまっている――

すでに陽《ひ》は高い。

慌てたゆめ姫は、

「少し待っていただいて。つい寝過ごしてしまって、まだ身仕舞いができていないの」

起き上がって着替えと薄化粧をはじめた。

――このところ、忙しくてろくに鏡の中の自分の顔など見ていなかったけれど――

疲れが溜まっているのか、やや青ざめて見えるのが気になって、常より念入りに頬紅《ほおべに》を使った。

――それにやはり次々に起きることに気を取られていて、それどころではなかったけれど、あんな夢も見ていたのだったわ。そもそもは信二郎様に抱きしめられる夢からはじまったのだった――

思い出すと羞恥《しゅうち》のあまり、姫の頰は赤く染まった。

――紅《あか》すぎるのもおかしいわね――

頰紅の上に白粉《おしろい》を叩いて薄くしてから、ゆめ姫は信二郎の待つ客間へと急いだ。

「お待たせいたしました」

信二郎へ挨拶した折、姫は知らずと相手の顔をじっと見つめていた。

――あの時、信二郎様に抱きしめられていたというのに、いつのまにか黒い犬に変わっていた――

「何か――」

信二郎は困惑した面持ちで自分の顔をつるりと撫でた。まずは顔に何か付いているのではないかと思ったのである。

「今までに犬を飼われていたことはありますか？　黒くて大きな犬で耳は垂れています」

――信二郎様の愛犬だったのなら、霊になった後、信二郎様に変わってみせてもおかしくはない――

「いいえ、一度も。きちんと躾《しつ》けられた犬には主《あるじ》への忠義心があるとされていますが、養《は》母《は》は犬嫌いで、飢えれば人も獲物と見做す狼《おおかみ》の子孫である犬に、忠義の心など無いと断じていたゆえです」

「信二郎様も犬はお好きでないのね」

「いや、そんなことはありませんよ。まだ完結していませんが、曲亭馬琴《きょくていばきん》先生の『南総里《なんそうさと》見《み》八《はっ》犬《けん》伝《でん》』は時を超えた傑作で、神犬八房《やつふさ》と里見家の姫、伏姫《ふせひめ》の間に生を受けて、若者の姿をしている八犬士が物語の核になっているのですから。それがしも犬をよく知って、馬琴先生の足元に及ぶぐらいの戯作を書いてみたいと常々思ってはいます」

――ということは、信二郎様の戯作者としての想いのせいなのかしら？　でも、そんな想いだけであそこまでの夢に？――

やはりそれでは釈然としなかった。

信二郎は先を続けた。

「『南総里見八犬伝』をお読みになったことは？」

「残念ながらありません」

「ならばそのうち、ゆっくりとその面白さをお伝えいたしましょう。きっとあなたも読みたくなるはずですから、それがしが持っている分だけでもお貸しします。今日はお役目でまいりましたので、あの骸の首の主のことをお知らせせねばなりません」

「骸の首の様子でしたら――」

ゆめ姫は胸元に挟んでいた、白昼夢で見た骸の首が描かれた紙を取りだして相手に渡した。

「さすがあなたです。この男は将太《しょうた》。目付《めつけ》預かりになっていました」

「目付預かりとは？」

「政《まつりごと》に清廉潔白はあり得ません。橋の修理や堤防の直し等、さまざまな公の普請には金がかかります。奉行所にとって、その金はお上がくださるものだけでは到底足りません。その昔は幕府が大名各家に多くの負担をさせて賄《まかな》っていたのですが、最近ではなかなかそうも行きません。そこで密《ひそ》かに考えられたのが、罪人によっては金さえ出せば罪人にされない、目付預かりです。目付は町人ではなく武士を取り締まるお役目なのですが、目付預かりになるのは町人です。武家に立ち入ることのできない我ら奉行所は、先方へ引き渡したら後は全く関与できないのです。どのような組織なのかは、お上と縁の深い名の知れた幾つかの禅寺が関わっているという以外、全く報されていないのです」

「それでは富裕層の悪い町人が蔓延《はびこ》るばかりではありませんか？」

姫は憤然とした。

「せめてもの救いは目付預かりとする町方の罪人が、押し込みや人殺し等の凶悪な罪は犯していない者に限られていることです」

「それはまたなぜ？」

「甘やかされて育った富裕な町人の跡継ぎの若者たちは、とかく手のつけられない我《わ》儘《まま》者たちです。肝試しと称して飲んだくれてただ喰いしたり、暴れ回って商家の店先を荒らしたり、喧嘩《けんか》で相手に大怪我《おおけが》を負わせたり、道行く娘たちを追いかけたり――。こうした者たちを杓子定規《しゃくしじょうぎ》に取り締まれば、人足寄せ場で働かせたり、江戸所払いにすることになります。場合によっては入墨も免れません。そうならないようにしたい親たちは、目付預かりにしてもらうために大金を積むのです。これが作事料の一部になっているのです」

「するとあの骸の首、将太という男はどこぞの富裕な商人《あきんど》の跡継ぎだったのでしょうか？　そして、目付預かりの身は秘密裡《ひみつり》であるはずなのにどうしてわかったのです？」

ゆめ姫は畳みかけずにはいられなかった。

「まず、将太の生まれは富裕とは到底いえない佃《つくだ》の漁師にすぎません。若かった将太も漁師をしていたと思われます。身寄りはありません。将太は市中で一両盗んで引き立てられた後、目付預かりになりました。働いてなどいないのに結構な一軒屋の家賃を溜めることもなく、飲む、打つ、買うと暮らしぶりは派手でした。料理屋で一升酒を飲み、吉原の花魁《おいらん》に入れあげたこともあり、博打《ばくち》ですっからかんになっても、いつも明るい顔で〝何とかなる〟とうそぶいていたそうです。羨《うらや》ましいほどの暮らしですから、もしや、将太はどこぞの大名家の落とし胤《だね》ではないかという噂《うわさ》まであったそうです」

――それでいて元は身寄りのない漁師なのだから、大名家の身分や責任を背負っている不自由な嫡男たちとは正反対、本当にお気楽に年齢《とし》を重ねてきたのだわ。あの嫌な顔はある時から、常にどこかから入ってくるお金で、世の人の苦労というものを知らずに放蕩三昧《ほうとうざんまい》に明け暮れていたゆえなのね――

姫は呆れてますます骸のあの顔が鬱陶《うっとう》しくなった。

「次に目付預かりであったとわかった経緯《いきさつ》についてですが、それがしはその名を知らされて、急ぎ身元や暮らしぶりを調べただけです。それがしの想像でよろしいのならお話ししますが――」

信二郎は言いよどんだ。

「結構です、どうかお願いいたします」

「殺された将太が無残な骸で見つけられたとはいえ、目付預かりの身の素性が我らに明かされるなどかつてないことでした。これには御目付様方を動かせる大きな力と金が働いているように思います」

「まさか御老中方とでも？」

「御老中方は常に国政に頭を悩まされております。それに力はあっても金はありません」

「ということはお金のある誰かが、御目付様以上のお役目の力を借りて御目付様を動かしたということでしょうか？」

「当て推量の域を出ませんが、それがしにはそうとしか思えません。しかし、金のある者が何のためにそんなことをしたのか、理由がわからないと当て推量止まりです。とても真の下手人には行き着けません」

空《むな》しさの余り信二郎はほーっと深いため息を洩らした。

「真の下手人とおっしゃいましたね。すると下手人はもう捕らえられたのですか？」

姫は訊かずにはいられなかった。

「首のあった所近くで鋸が見つかり、先ほど駒形近くに住む大工の末吉《すえきち》がお縄になったのです。将太の骸は鋸でばらばらにされていましたから、まあ、動かぬ証というわけなのでしょう」

信二郎は気乗りのしない物言いをした。

「末吉という人と将太さんとは関わりがあったのですか？」

「末吉は将太の家の大工仕事を請け負っていたとのことです。二人は、件《くだん》のどじょう料理屋駒形の常連客で、そこで知り合ったのだと駒形の主が言っていました。当初末吉はいい客がついたと喜んでいたそうですが、近頃では〝金を払ってくれずに困る〟という愚痴に変わってしまっていたそうです。末吉は高い薬代がかかる長患いの母親の世話をしていて、道楽で家の中をいじる趣味まである将太の凝った造りを求める仕事をしていると、他に仕事ができず、その憤懣が遂に相手に向いたのだと、この一件の落着に焦っている吟味《ぎんみ》方《かた》は見做しています。末吉は自分ではないとまだ罪を認めていませんが、いずれ責め詮議《せんぎ》に負けてしまうでしょう」

そこでまた信二郎は深いため息をついた。

八

「信二郎様は末吉が下手人ではないとお思いなのですね」

「ええ、首が埋められていた近くの草むらに血塗《ちまみ》れの鋸が捨ててあったなんて、あまりに出来すぎた話ですから。これは末吉が将太の家に出入りしていたことを知る者による、仕組まれた罠《わな》かもしれない、もう少し、探索の網を広げて下手人を捕らえるべきだと主張しても受け容《い》れられず、これ以上の調べは無用と言われました。残念です」

信二郎は口惜《くや》しそうに唇を噛《か》んだ。

「仕組んだのだとしたら、どじょう屋駒形の主が一番怪しいのでは？　末吉さん、将太さんをお客さんにしている上、自分のものである貸家や空家の様子もよく知っているはずですから」

ゆめ姫の指摘に、

「それがしもそこを突いたのですが、上は聞く耳を持ち合わせていませんでした」

信二郎は無念でならない面持ちになった。

「もしかして、調べを止《や》めさせられたのはよかったのかもしれません」

姫は言い切り、

「どういうことです？」

信二郎は鼻白んだ。

「どじょう屋駒形の主は信二郎様のお役目を御存じでしょう？　主がこの件に関わっているとしても、決して油断はしないはずです。尻尾《しっぽ》を摑《つか》むのはむずかしいのでは？」

「あなたはまさか、すでに駒形の主が罪を犯す場面を夢で見たのではないでしょうね」

信二郎は疑ぐり深い目になった。

「いいえ、いいえ」

ゆめ姫は苦笑して首を横に振り、

「全てが都合良く夢に出てきてくれはしません。夢にまだどじょう屋の店構えや主の顔など出てきていません。そこで主に顔も何も知られていないわたくしと藤尾が昼時のどじょう屋駒形に足を向けてはと思いついたのです。夜と異なり、昼ともなれば女客が立ち寄ってもおかしくありません。どじょう鍋を食べに行きがてら、主に多少の話は訊けるのではないかと思うのです」

苦肉の策を口にした。

「しかし、その主が真の下手人だった場合、悟られたと感じたとたん、力にものを言わせるに違いなく、あなた方が危ない目に遭います」

信二郎は不安でならない様子になった。

「ならば、近くて悟られない場所からわたくしたちを見守っていてください、お願いします」

「ん、まあ、それなら何とか——。たしか店の道を挟んだ向かい側が茶屋でした。女将に頼んであそこの二階から様子を窺《うかが》うとしましょう。あそこからは広間に所狭しとどじょう鍋が並べられているのが見渡せますから、あなた方がどじょう鍋を前にしているところを見られます。けれども、念のため鍋は決して口にしないように——約束してください、いいですね」

信二郎は常になく厳格な口調で言った。

信二郎を先に送りだした姫と藤尾は素早く身仕舞いを済ますと、〝本日休業　夢治療《ゆめちりょう》処《どころ》〟の木札を玄関にぶら下げて駒形を目指した。

どじょう屋駒形につくと、店先には〝本日、昼、美味《うま》い美味いどじょう鍋を女の方半値〟と謳《うた》っている木札が揺れていた。

店を入ってすぐが大広間で信二郎が言っていた通り、ずらりとどじょう鍋が七輪《しちりん》の上にかけられている。すでに混み合いはじめていた。

「半値とあって常よりは女客が多いようですよ」

藤尾がゆめ姫に耳打ちしてきた。

七輪の前に敷かれている座布団に座ると、すぐに火の点いた炭が七輪に入る。その上に、出汁《だし》、醬油《しょうゆ》、味醂《みりん》、酒、アク抜きしたささがきゴボウを入れた浅い小鍋が載せられた。

小鍋のゴボウの上に、鰓《えら》と内臓、中骨が抜かれている背開きのどじょうを並べ入れ、ゴボウに火が通ったところで、火を止めて溶き卵を流し入れ、三つ葉を上に載せる。

襷掛けをした女たちが忙しく客たちのどじょう鍋の世話をし続けている一方、

「お味はいかがでございます？」

「何かお気づきのことはございましょうか？」

主と思われる背丈も腰も低い初老の男が鍋から鍋を回って、満面の笑みを向けている。

右隣りは臨月が近づいている若い町人の女とその実母と思われる二人連れで、

「もうそろそろなもんだから里帰りで。ここのどじょう鍋で娘に元気をつけてお産させたいんですよ」

母親の言葉に、

「昔から鰻《うなぎ》一匹どじょう一匹と申しましてね、精のつき具合は変わりません。もちろんお腹《なか》の赤子のためにもなります。安くて滋養のあるどじょうはお得な食べ物なんです。どうか、これからも御贔屓《ごひいき》に」

主は巧みにどじょうを宣伝して、ゆめ姫たちの方を見た。

「そちらはいかがです？」

「クセのない何ともいいお味ですけど、ここまでの味は到底、家では出せないわ、ねえ、ゆめさん」

こういう場での藤尾は友達口調であった。

「本当にさらっとお腹におさまって美味しいわ。鰻に比べて淡泊な分、ここの出汁のお味や卵仕上げが際立っている感じ――」

この姫の賛辞に、

「ありがとうございます、よくぞおっしゃってくださいました。正直言って、捌《さば》いて白焼きにしたり、蒲焼《かばや》きにするのでは、どじょうは脂が乗っていて旨味《うまみ》の強い鰻に敵《かな》いっこないんですよ。ですが、こうやって鍋にするとどじょうのひとり舞台なんです。鰻の脂がぎとぎと浮いてる鍋なんて思っただけでぞっとしますからね」

「家で作るどじょう鍋は、なぜか残ってしまっている臭みが気になるんです。一切臭みのないここのどじょう鍋にはきっと秘訣《ひけつ》があるんでしょ？」

藤尾の問い掛けに、

「あたしもそれ、すごく知りたいわ。家でもこんなに美味しいどじょう鍋を振る舞えたら、どんなに皆に喜ばれることか——。でも、そういうのって、こういうところじゃ教えてくれないのかもね」

ゆめ姫は懇願の目を主に向けた。

すると主は、

「教えたりしたら、銭を頂くどじょう屋へは来なくなってしまうでしょう」

しばらく口をへの字に結んでいたが、

「わかりました、ここまでうちのどじょうに惚《ほ》れ込んでくれたんですからね、お教えしましょう」

ぽんと自分の胸を叩いて、

「わたしが一廻りしてここに居るお客様方のご機嫌を窺う間、鍋を美味しく召し上がって待っててくださいな。後で奥の部屋で必ず——」

左隣りの客へ笑顔を振りまいた。

それから一刻《とき》(約二時間)ほどの時を経て、姫と藤尾、信二郎の三人は夢治療処に帰り着いた。すっかり極上のどじょう鍋の秘訣に魅了されてしまった藤尾は、

「今日の菜はどじょうです。わたくしは長い間、生のどじょうを酒に漬けるのは臭み消しだと思い込んでましたけど違いました。秘訣はヌメリ取りだったんですね。どじょうのあのヌメリが臭いの元だったんです。酒に酔って大人しくなったどじょうに塩をふりかけて

軽く混ぜて、洗い流すとざっとヌメリが取れます。これが一回目のヌメリ取り。次に背開きにしたどじょうの背中を上にして目笊《めざる》に並べて、背中の皮が白っぽくなる程度にさっと熱い湯をかけて後、冷水で冷やす。これが二回目。三回目は冷水から引き上げたどじょうを背中を上にして並べ、包丁で軽く擦《こす》って残りのヌメリを完全に落とします。ようは家では徹底してヌメリを取らないから、泥臭さが残ってしまうのだとわかりました。美味しいどじょう鍋ってヌメリとの闘いに勝つことなんですね。わたくし、俄然《がぜん》挑戦してみたくなりました」

そそくさとどじょうを買いに出て行った。

「まさか、どじょう屋駒形の主との話が、どじょう鍋の秘訣に終始していたわけではないでしょう？」

早速信二郎は本題に入った。

「もちろんです。美味などじょう鍋をつくるコツを熱心にお教えいただいた後で、お縄になった末吉さんへの疑いについて伺いました。ご主人はお役人に訊かれたのでつい末吉さんと将太さんの話をしてしまっただけで、それが決め手で末吉さんがお縄になったのは不本意だとはっきりおっしゃいました。末吉さんを助けるためなら何なりと話してくれるとも。それに、ご主人は将太さんが因縁《いんねん》で結ばれているであろう相手と、店のすぐ近くの稲荷《いなり》で会っているのを見たことがあるそうです」

「どんな相手です？」

「お坊様だったとか――」

「稲荷で坊主と会っていた？　寺でならともかく何だか腑に落ちない取り合わせですね」

「そのお坊様は紫色の風呂敷に包んだ重たそうなものを、将太さんに渡していたとのことでした。どじょう好きの将太さんは三日にあげず、店に通ってきていて、末吉さんの手間賃だけではなく、飲み代や料理代を溜めることも多々あったのですが、お坊様と会ってすぐ後、〝釣りはいらねえ〟と大見得を切って、ぴかぴかの小判で払ってくれて驚いたとご主人は言っていました。〝まあ、金の生る木から実を落としてもらってるんだってわかったから、その後は払いが溜まってもそううるさくは言わなかったんですけどね〟などとも――」

九

「その坊主の様子は？」

「頭巾《ずきん》を被《かぶ》っていたので、顔はよく見えなかったそうですが、袈裟《けさ》の色も風呂敷同様に高貴な紫の上、お手にしていらした水晶の数珠は、よく磨かれて大きさが揃っている大粒で、おそらく名刹《めいさつ》と言われている寺のご住職ではないかとご主人はおっしゃっていました」

「その主と話している間、あなたは何か見ませんでしたか？　たとえばその主が将太を手にかけた場面とか――」

信二郎の目が鋭く光った。

「いいえ、何も――」

「あなたは主は殺しに関わっていないと？」

「ええ。ご主人は仕事熱心な方で商いには底知れぬ力を発揮されている、それだけだと思いました。一代でどじょう屋駒形の他に多数の家作を持つに到ったのも、〃いくらどじょうと仕事が好きでも、いつか老いて弱り、ヌメリへの拘《こだわ》りを貫くことができなくなる日が来る。そうなった時、独り身で身寄りがない自分にとって頼れるのは何もしなくても入ってくる金だ〃と如何にも堅実なお考えでした。こういう方が人を殺《あや》めるとは到底思えません。そもそもご主人にとって将太さんは商いの競争相手でないどころか、困ったところがあるにはあっても、時に気前がよくなる、大切なお客さんだったのですから」

「主が坊主の話をしている時も何も見えなかったのでしょうか？　坊主の身分が高く、将太に強請《ゆす》られていたとすると、主は坊主に金で請け負わされて殺しの手伝いをしたかもしれません」

「残念ながらそんな場面はちらとも見えませんでした」

姫はきっぱりと言い切った。

「でも、今夜の夢には出てくるかもしれない」

「それはあり得ます」

「ならば、その手の夢を見たら必ず報せてください。末吉は責め詮議を怖れて偽りの自白をしないとも限りません。殺したと認めたら最後、すぐに首が刎《は》ねられてしまうかもしれません。それがしは罪のない者が罪に問われて処刑されるのを、黙って見過ごしたくはないのです」

信二郎はそう言い置いて帰って行った。

――わらわとてもちろん信二郎様と同じ想いなのだけれど、末吉さんを救える夢を見られるか、どうか――

ゆめ姫は常になく、

――夢よ、夢、どうか、わらわに真実を見せてくださいな――

夢が人であるかのように話しかけていた。

すとんと身体が無くなったような感覚と共に眠りが訪れたものの、この夜、姫は一切夢を見なかった。

翌日、信二郎に報せたくても報せる夢での出来事などないまま、

――そうこうしている間にも、末吉さんは罪を認めてしまうかもしれない――

珍しく苛立《いらだ》っていると、

「姫様、夢治療の方がおいでです」

藤尾が報せにきた。

「夢治療の方が？」

怪訝そうに姫は声を尖《とが》らせた。このところの忙しさゆえに夢治療処には休業の札がずっとぶらさがっている。

「古着屋の纏《まと》め役、富沢町の宗右衛門さんがおいでなのです。お菊の方様のお友達のお嬢さんを探し当てる際には、お力を貸していただいたので無下にお断りするわけにはいかないかと――」

「それはそうですね。お通しして」

ゆめ姫は古着屋の纏め役宗右衛門と客間で向かい合った。

「その節はありがとうございました」

姫は丁寧に頭を下げた。

「無事に大津屋さんの血を引くお嬢さんが父親の元に戻られ、因縁と禍根は断たれたようですね」

宗右衛門はあの件の結末を知っていた。ことがことだけに奉行所は徹底的に顚末《てんまつ》を隠蔽《いんぺい》したはずであった。隠居のような姿ではなく、泥大島《どろおおしま》の小袖に羽織という粋《いき》な形《なり》をしている宗右衛門は、前に店で会った時よりも十歳は若く見えた。

「まあ、おくわしいこと――」

ゆめ姫は真顔で驚いた。

「気になったので調べさせたのですよ、それにしてもよかった、何よりです。わたしの形は隠居風ではありますが隠居をしているわけではなく、跡継ぎのいない店を商才のある大番頭におおよそ任せているだけです」

宗右衛門は目尻《めじり》に皺を寄せて微笑んだ。

「本日は夢治療のためにおいでになったと聞いております。どうされたのでしょう？」

「このところ夢ばかり見ておりまして」

「どんな夢です？」

「それが大きな黒い犬の夢で――」

この一瞬、姫は相手の顔が闇に閉ざされ、ぱっと走った光の速さで黒く大きな犬が横切るのを見た。

「あなたの夢の中でその犬はどんな様子です？」

「夢に出てくる度に悲しそうな目を向けてきます」

宗右衛門は目を瞬かせた。

「思い当たることは何かありませんか？」

「十五歳で神隠しにあった倅《せがれ》のことです。名は藤太郎《ふじたろう》と言いました。一人息子の跡継ぎでした。妻は無事を祈ってお百度を踏み続け、神社の石段から足を踏み外して落ちて亡くなりました。ずっともうこの世にはいないものと諦めていたのですが、あの大津屋の血縁で今は版木彫り職人の娘お佳代さんが拐《かどわ》かされて、先生の夢見の力が功を奏し、無事救い出されたと聞き及ぶと、持ってはいけない望みを持ってしまいました。倅はいなくなってもう二十年なのですから、お佳代さんとは比べようもないのに――親とは愚かなものです。とはいえどうしても諦めきれません。どうか倅が生きているものなら探し出してください。

命が尽きてしまっているのなら、いつ、どこでどのように亡くなったのかを教えてください、せめて手厚く供養したいのです」

「いなくなった時のことを思い出せる限り、思い出してください」

「藤太郎はやっと出来た子どもでしかも跡継ぎになる男の子でしたので、わたしも妻も店の者たちもそれはそれは何不自由なく可愛《かわい》がって育てました。食べたいものを食べさせ、欲しいものは必ずすぐ買ってやるという具合です。甘やかしが過ぎたきらいがありました。いつの間にか不良どもと知り合い、仲間になりました。わたしたちの意見なぞ、どこ吹く風。酒を覚え、遊里に通い、賭博《とばく》の誘いに乗ってしまっていたのです。親であるわたしたちは居酒屋のツケを仲間たちの分も払い、遊里で女郎から伝染《うつ》された病の治療をする薬を医者に処方してもらいました。ここまでなら何とか我慢できました。けれども、博打で負けた分の金の始末もした後、そもそも博打は御法度《ごはっと》なので負け分とは別にその筋から脅しをかけられました。これが多額で、しかも終わりがないと知りました。このままでは権現様から直々に選ばれて、三河《みかわ》より江戸に招かれた誉《ほま》れが汚されてしまいます。三河からの商人《あきんど》はたとえ刀は持たずとも、心意気は武家だという自負があるものです。そこでわたしたちは一時、倅を勘当せざるを得なかったのです。冬の寒い朝でした。わたしと妻は信濃《しなの》の知人のところへ旅立つ倅を見送りました。しかし、これが最後でした。倅は信濃へは行かず、文一つ寄越さずにいなくなってしまったんです」

「息子さんを一人で旅に出したのですか?」

「いえ、千三《せんぞう》という名の倅と同じくらいの年齢《とし》の小僧をつけました。けれども、熊谷《くまがや》の宿場で千三が用を足しに行っている間に、煙のように倅は消えてしまったのです。一人で戻ってきた千三はことの次第を涙ながらに話し、詫びました」

「その千三さんは今どうしていますか？」

「流行病であっけなく、二十歳にもならずに亡くなりました」

「息子さんと親しかった仲間のことはどこまで御存じでしょうか？」

「疫病神《やくびょうがみ》のように思えていたので実は誰一人知りませんでした。しかし、いなくなった倅を見つけ出したい一念で、あちこち調べ、富裕な家の子から長屋住まいの子まで会って話を訊きました」

「その人たちは今、どうしておられますか？」

「一時の熱病にも似た若気の至りの暴れん坊ぶりが嘘のように、それぞれの仕事に精を出しています。当時のことを訊いたら覚えがないと惚《とぼ》けるかもしれません。ただ一人だけ、倅の旅立ちと同時に家に戻らなくなった子がいました。新三郎《しんざぶろう》といって、一時隆盛を誇った大きな海鮮問屋浜口屋《はまぐちや》さんの息子さんです。新三郎さんがいなくなってしばらくして、なぜか商いが左前になって、五年前に主夫婦が続けて亡くなり店は暖簾《のれん》を下ろしました」

「浜口屋さんに新三郎さんの消息は？」

「やはり倅と同じでなしのつぶてで、生き死には不明のままだったとのことです」

「ありがとうございました。そのくらいで結構です」

「是非とも倅に関わる夢を見てください。よろしく、よろしくお願いいたします」

宗右衛門は何度も頭を垂れた。

十

宗右衛門が帰って行った後、ゆめ姫は目の前を黒い犬が走り過ぎる白昼夢を繰り返し見た。

――間違いないわ――

宗右衛門との話を信二郎への文にしたため終えると、以下のように締め括《くく》った。

大きな黒い犬は二十年前にいなくなった宗右衛門さんの息子さん、藤太郎さんだと思います。ただし、どうして人の姿で現れないのかはわかりません。

ゆめ
信二郎様
この文を使いの者に届けさせると、その者は信二郎からの返事の文を託されて戻ってきた。その文には次のように書かれていた。

お届けいただいた文、大変興味深く拝読いたしました。実は奉行所内でも知る者などほとんどいない、徹底して秘密とされてきた目付預かりだというのに、なぜばらばらの骸と関わって将太の名が明らかにされたのか、少々わかりかけてきたところでした。

元牢番《ろうばん》の一人にそれがしの戯作を贔屓にしてくれている年嵩《としかさ》の者がいて、親しくしていたのが幸いしたのです。海釣りを趣味とするその者はまだ若かりし頃、佃で漁師をしていた将太を見ていました。独特の顔なので年を経ていても見間違いはないと豪語しています。元牢番によると、止《や》むに止まれずではなく、身から出た錆《さび》により罪を犯した者たちの顔には似通ったものがあるのだそうです。市中を歩いていてふとすれちがった、まだ捕らえられていない者でも、〝こいつは危ないな〟とぴんと来て忘れないとのことです。

その元牢番が見たのは将太だけではありません。

何と将太は二十歳に満たない若者たち二人を連れていたのです。如何にも育ちの良さそうな二人だったそうです。元牢番の言葉を借りますと、〝よほどの不運にさえ見舞われなければ、将来は罪とも牢とも関わりない、順風満帆な人生を送るはず〟の顔で、誰が見ても危ない顔の将太と一緒だったのが気にかかり、それで事細かに二人の顔を覚えていたのです。それがしは元牢番の覚えを頼りに二人の顔を描きました。

また、その時、小耳に挟んで覚えていた、若者一人の話の断片をつなぎ合わせて、それがしなりに言葉にすると、〝おまえ、山の奥などへ行かされて面白いことなんてないだろうな。あるもんか。その点この海はいいぞ、果てしなく広く自由だ。海鮮問屋の跡継ぎに生まれた俺は一度でいいから、舟で沖へ出て魚釣りをしたかったんだが、親たちが危ない、危ないとばかり言い続けて、この年齢《とし》になっても乗せてもらえない。おまえだって同じようなものだろう？　だからさ、これは俺とおまえの栄えある門出なんだよ、決して後悔はしまいよ〟というようなものでした。これは親離れの言葉そのものです。あなたが報せてくれた古着屋の話と合わせて推すと、山の奥、信濃へ行かされかけていた方が藤太郎、止めさせて周囲を謀《たばか》り、しばらく一緒に海遊びをしようと誘ったのが新三郎ではないかと思われます。そして、船頭が将太ではなかったかと——。

ここからは奉行所内では知らぬ者はいないものの、公には秘されてきた事実です。あなたには明かさなかったようですが、宗右衛門はただの古着屋の纏め役ではありません。商人は御定法《ごじょうほう》を守っているだけでは利得など得られず、当然、御定法が一定の取り決めの元に破られる闇と共存しています。

市中で古着屋の屋号が許されてきたのは、代々が宗右衛門を名乗り、纏め役も兼ねる古着屋宗右衛門一軒だけでした。この古着屋は権現様による開府以来二百年近くもお上の許しを得て、任命されれば誰もが富を築くゆえに、任命をめぐる競争が絶えない長崎奉行と有利な取り引きをしてきたのです。

簡単に言ってしまうと、南蛮から荷揚げされたもののうち、一番良い品をしかも安価で手にし続けてきたのです。これらを売った儲《もう》けは古着屋宗右衛門とお上の勘定方とで秘密裡に分け合ってきていたはずです。

ここまで読み進んできた姫は一瞬、文から目を離した。南蛮風の部屋の中で黒い犬から変わった若者に、ももんじのご馳走を勧めている富裕な権力者然とした、年配の武士を思い出したからだった。

――ずっとあの男は誰なのかと思い続けてきたけれど、わかった、宗右衛門さんが取り引きしていた長崎奉行の一人なのね――

なるほどと合点して、再び信二郎からの文に目を落とす。

長い時の流れの中で、こうした裏御定法とでも言うべき取り決めは、古着屋宗右衛門に他の商人が決して並ぶことのできない、堅固な権限、お上さえも一目置く、政に対する強い力をもたらすに到ってきているのです。宗右衛門はお上の一部と化していたと言うべきかもしれません。その気になれば、宗右衛門は市中で起きていて、公にされていない事実の全てを知ることができるのです。

とはいえ、代々、お上への恭順を旨としてきた宗右衛門はこの伝家の宝刀を抜く気は今までなかったはずです。

あなたに話した通り、二十年の時を経てもなお、息子を想う父親の気持ちに宗右衛門は大きく揺り動かされたのでしょう。

宗右衛門はばらばらにされた骸が、息子藤太郎のものではないかと思い詰めたのではないでしょうか？　いなくなった後何らかの事情から、出自や身分を偽って生きてきた我が息子がこのような姿にされたのではないかと――。

そして目付預かりという特別な処置と役目があることを知った宗右衛門は、お上にこの件を突き付け、我々にばらばらの骸の主を特定させ得る資料を渡すよう、強く迫ったのではないでしょうか？

もしかすると宗右衛門は金のやりくりに難儀している幕府が、長崎奉行からの分け前を専有しようと、跡継ぎの息子をあのような形で掠《さら》い、亡き者にしたのではないかと疑っていたのかもしれません。宗右衛門の引いた弓は一度は幕府に向かっていたのかも――。

元牢番から聞いて画《か》いた将太と一緒にいたという二人の若者たちの似顔絵はまだお届けいたしません。

あなたのこれからの夢に障りが出てはいけないからです。

どうか、二人の若者の顔が夢に出てきたら描いておいてください。こちらの似顔絵と合わせて同一人物たちだとわかったら、二十年も前、将太とその若者たちの間に何かがあったのです。

夢の報せを待っています。

信二郎

ゆめ殿

そこで信二郎の返事の文は終わっていた。

この日の夜、ゆめ姫は鼻を突く潮の香りに包まれて、舟に乗っている三人の男たち、将太が船頭を務め、黒い犬に変わったやや童顔の藤太郎、初めて見る顔の新三郎を見ていた。浅黒い肌の将太は若く、引き締まった身体つきで、たしかに鼻の大きすぎる凶相ではあったが、骸になって見つかった今ほど嫌な顔ではなかった。

――これは何なの？　海釣りにしては――

舟は大海原にぽつんと浮いていて、夏の強い日差しが乗っている三人に目映《まばゆ》く降ってきていた。

――海釣りを楽しむはずだった舟が嵐《あらし》にでも遭って流されているのだわ。竿《さお》も櫓《ろ》もない――

〝ここはどこなんだろう？〟

宗右衛門の息子藤太郎が呟いた。

〝さあね〟

将太は仏頂面のまま答えた。

〝舟代と世話代は払い済みだよ〟

浜口屋新三郎は冷たい印象の面長な役者顔をひきつらせた。

〝こんなになっちまっちゃ、銭なんぞ貰《もら》ってたって、使えやしねえし、仕様がねえんだよ〟

将太は不機嫌なままでいる。

〝ごめん〟

藤太郎がすまなそうに将太に詫びた。

〝よりによって、こんな時、役に立たねえ奴《やつ》らばかり〟

将太の吐き出すような物言いに、

〝誰か気づいて見つけてくれないかな。おとっつぁん、おっかさん、今頃、どうしてるだろ？〟

藤太郎が目を瞬かせると、

〝うるさいっ〟

将太と新三郎が同時に大声で叱りつけた。

そこでほんの一瞬夢は途切れたが、すぐにまた大海原と照りつける太陽が目に迫った。舟の三人はまだ海の上だった。あれからまた何日か過ぎたのだろう、将太だけではなく、藤太郎や新三郎までも日焼けが極まって、炭のように顔や手足が真っ黒、三人とも痩せ細って、着ている物がぶかぶかになっている。

――以前見えてた釣り道具が見当たらない。また嵐が来て舟が揺れ、海に落ちて無くなってしまったのね。これじゃ、魚を釣って食べることもできないわ――

とりわけ弱っているのは藤太郎で臥したまま起き上がれない。

〝お腹空《す》いた――〟

藤太郎の言葉に口を開くのも大儀なのか、二人は無言だった。

〝お腹空いたよぉ――〟

藤太郎はまた呟いて目を閉じた。

〝こういうことって、今までにあったのか？〟

新三郎に訊かれた将太は、

〝あるわけねえじゃねえか。小さい頃から始終、親父《おやじ》や大人の漁師たちから聞かされてきた、板子一枚下は地獄ってえのは、まさにこのことなんだろうよ〟

泣くような声で応えた。

〝そうか、このままだと俺たちそのうち死ぬんだな、まだこの若さで――〟

新三郎が湿った声を出すと、将太が藤太郎の方をじっと窺うように見据えて、

〝こいつはもう長くねえぞ、生きじめの方が味がいい〟

ぺろりと舌舐《したな》めずりして見せた。

〝こうなって助かった者だって数は少ねえが、いるにはいるんだよ。そんな奴らからこそっと聞いた話がある。見つかって助かった時は三人が二人になってたって――〟

〝まさか――、こいつを誘ったのは兄貴分の俺の方なんだし、そんなこと――〟

新三郎は声を震わせたが、

〝俺に銭を出したのもこいつだっておまえ言ったな。でも、何度も言ってるが、銭なぞこ

こじゃ役に立たねえ。それと大波が来た時、こいつがしっかり押さえてなかったせいで、竿と櫓が、次には釣り道具までが流されちまったんだ。こいつの柔らかそうな肉に落とし前をつけさせても罰は当たらねえだろ――、助かりたいんなら黙って見てろ、いいな――〟

将太は首に巻いていた手拭《てぬぐ》いを外すと、涙を目尻に溜めながらうとうとしている藤太郎に覆い被さっていった。

そこできゃっと悲鳴を上げて姫は目を覚ました。

十一

――将太の手にかけられた藤太郎さんの様子を見ずに済んでよかった――

正直ゆめ姫は救われた気分であった。

とはいえ、すぐに自分の脚を食べ尽くしていた藤太郎の姿が目に浮かんで、

――さらに先の夢も見たくはないわ――

早速、藤太郎と新三郎の顔を紙に描いた。

そして、夢に見た三人の漂流、その恐ろしい結末について記した文と一緒に、急ぎ信二郎へ届けるよう藤尾に預けると、なぜかまたどっと眠気に襲われ、畳の上に倒れ込むように臥してしまった。

気がつくと寺ならではの線香の強い匂いが鼻をついた。

――お寺の本堂？――

多数の仏像が目に入った。どれも大きさがあって精緻《せいち》な作りである。

――どこもかしこもよく磨かれて浄《きよ》められている。このお寺は豊かなのね――

中には金で出来ているものまであった。

――たしか、どじょう屋駒形のご主人は、将太に身分のある僧侶が金包みを渡すのを見たとおっしゃっていたわ。そのお坊様が将太の贅沢な暮らしぶりを支えているとも――

住職と思われる年配の僧侶と若い弟子たち数人が入ってきた。長身痩躯《そうく》で深みのある慈愛に満ちた目をしている。

〝本日も一日御仏の御加護を賜りましょう〟

声を掛けられた弟子たちは住職の背後に並んで座った。朝の経を住職と一緒に唱えはじめた。本堂に清々《すがすが》しい声が響き渡る。

次には住職が客間で侍と向かいあっている場面が見えた。煌々《こうこう》と灯が点されているので夜遅くと思われる。金糸で織られた頭巾を被った後ろ姿で身分の高い武士とわかった。

〝どうしてもということでしたら致し方のないことではございますが――〟

住職の声はか細い。

〝そなたも知ってはおろうが、宗右衛門と我らとの間には開府以来、切っても切れない絆《きずな》がある。とかく利に聡《さと》い商人《あきんど》は信じられぬが、古着屋宗右衛門だけは律儀一筋、忠義の者だ、二百年近く何一つ無心したことがない、こちらの無理も聞いてくれた。親心ゆえなのだし、ここはそれに免じて気の済むようにしてやりたい、宗右衛門が望むように、目付預かりの記載の中から相当する者の名を公にして告げてやれというのが、何と上様じきじきのお言葉なのだ〟

相手の武士は声を張った。

――まあ、父上様まで関わっていたとは――

姫は仰天した。

その後には、やはり客間で夜中ではあったが、前の相手に比べてやや身形が劣る武士が後ろ姿のまま部屋を出て帰るところが見えた。

〝この永光寺《えいこうじ》が代々任を負って預かってまいりました、目付預かり記載よりの写しです。市中の方々やそちらの皆様、何より古着屋さんが案じておられる一件はこれで落着いたしましょう〟

住職はやや声を低め、

〝余りに思いがけなかったので驚きましたが、慎んでいただいてまいります〟

相手もそれに倣った。

その一瞬、姫には文の中身が見えた。

将太　前の名は海鮮問屋浜口屋の嫡男新三郎

――新三郎さんが将太になりすまして、目付預かりの恩恵を受けていたということ？　まさか――、でも、人の顔は年齢や生き方で変わるとも言われているから――

半信半疑でいると、がらっと場面が変わった。

富沢町の古着屋の前の大銀杏《おおいちょう》の後ろに紫色の頭巾を被った住職が隠れるように佇《たたず》んでいた。背に油の入った大きな壺《つぼ》を背負って、手燭《てしょく》を持っていた。細く萎《しぼ》んでいたはずの両目が見開かれてぎらりぎらりと光った。寺での様子からは想像もつかない恐ろしい形相であった。

――火付けをしようとしているこの男が将太を殺めた新三郎さんの今の姿なら、どこまでも調べ尽くしていって、いずれは真実を知るはずの宗右衛門さんを陥れようとしても不思議はないわ。宗右衛門さんが危ない、何とかしなければ――

この事実を信二郎に伝えなくてはと思ったゆめ姫は、必死に夢から覚めて目を開こうとしたが思うようにならない。瞼《まぶた》が糊《のり》で貼り付けられたかのようだった。ぎらりぎらりと邪悪に光る僧侶の目から離れることができずにいる。

――新三郎さん、お願い、これ以上、罪を重ねないで――

夢中で叫んだとたん、場面がまた寺の客間に戻った。住職が倒れていた。畳には吐いた血の痕と茶碗《ちゃわん》が一つ。自ら覚悟の毒死をしたものと思われた。

――ゆめ姫様――

住職の身体から離れた霊が話しかけてきた。

──永光寺十三代住職慧海《えかい》にございます──

──あなたは新三郎さんですね──

──はい、俗名は浜口屋新三郎と申しました。先ほど恥ずかしき罪と我が身を始末いたしました。このところ身体に不調があり、医者の診たてでは悪い出来物が胃の腑にあり、そう長くはないとのことでしたので、これで仕舞いにするつもりでしたが、あなた様が将軍家の姫御前であられ、夢で霊たちの供養もなさっているとわかり、拙僧の話をお聞きいただくことにいたしました──

霊になると生きている時と異なり、瞬時に姫の素性に通じることもできる。

──海釣りの楽しいはずの時が地獄となり、さぞかしお苦しかったことでしょうね──

ゆめ姫は訊かずにはいられなかった。

──何より、藤太郎を殺めてわが身の血肉にしてしまったことが悔やまれてなりませんでした──

──あの後どうなさったのです?──

──拙僧と将太は藤太郎の犠牲で九死に一生を得ました。しかし、拙僧はいっそ藤太郎ともども死んだ方がよかったのかもしれません。偶然通りかかった漁船に見つけてもらったのですが、もう少し見つけられるのが遅かったら、将太の犠牲になるか、拙僧が将太を犠牲にするところでした。人は浅ましいまでに生きたがるものです──

──それで仏に仕える身に?──

――はい。駆け付けてきた両親《ふたおや》に頼んで仏門に入ることにしたのです。この永光寺は将軍家の聞こえも愛《め》でたく、代々の上様の御側室や身寄りのない御側近等の墓石もある名刹でございます。そして両親が永光寺を選んだのは、息子可愛さゆえに修行次第では住職となり、僧侶としての栄誉を手にすることもできるようにという愛情ゆえでした。ゆくゆくは跡を継がせようとしていた、たった一人の息子だったというのに、両親は拙僧の心の平穏と将来だけを考えてくれたのです。そんな両親に対する将太の振るまいときたらもう――

思い出した強い怒りの余り慧海は絶句した。

――将太はあなたと御両親、両方を脅していたのですね――

――十年の歳月が過ぎ、前の御住職が病で亡くなり、拙僧が十三代慧海を継いでから三年後のことでした。将太は浜口屋を訪ねていきました。拙僧たちが生き延びた事情を知っている両親は当初、将太を拙僧の命の恩人と崇《あが》めました。大事な客人と見做して贅沢三昧を許したのです。調子に乗った将太はここへもやってきて、〝おまえの店で富裕な商人の暮らしを見せつけられたら、漁師なぞという仕事に命を張るのは馬鹿馬鹿しくなった。この先、死ぬまで恩人扱いで世話をしてもらいたい〟と言い出したのです――

そこまで話した慧海はしばしまた込み上げてきた憤怒ゆえに言葉を途切らせたが、ほどなくその怒りを制して先を続けた。

――両親には〝仏様は殺生も殺生喰いも固く禁じてるって聞いてる。あんたとこの息子は、ほんとはこんな立派な寺で修行できる身じゃねえだろう？　舟の中でしでかしたことを言いふらされたくなかったら俺の言うことをきくんだな〟と脅しました。そこで拙僧は将太を目付預かりの身にすることを思いついたのです。すでに将太を信じてうっかり話してしまった両親以外、拙僧が慧海になっていることを知る者はいなかったので、拙僧は新三郎だった己を消そうと思い立ったのです。こうして将太は目付預かりの身となり、元放蕩息子の新三郎ということになりました。ああ、あの時あんなことをしていなければ――拙僧が乞食《こじき》坊主に成り下がっても、両親はあのような死に方をせずに済んだものを――

ここで慧海は長く黙り続けた。姫はしばらくの間その重い沈黙に追従していたが、

――浜口屋さんは暖簾を下ろされたと聞いています――

肝心の話を導き出そうとした。

――将太は思いつく限りの贅沢と放蕩の末、浜口屋を急速に傾かせ、両親は首を括って死にました。将太に殺されたも同然です――

――それであなたは仇《かたき》を取ることにした――

――はい。将太を殺して胴体から首と手足を切り離し、捨てたり埋めたりしました。将太を殺すと決めてからは、その暮らしぶりや、親しくしている相手等を気づかれないように見ていました。鋸を使ったのはもしばらばらの骸が見つかった場合、一番に将太と親しい様子の大工が疑われるという、邪《よこしま》な計算もあったのです。これでもか、これでもかと、

拙僧の身体の奥底から、強く邪悪な力が積年の憎しみと共に込み上げてきていたのです。とうとう仏の道から外れてしまったとわかってはいましたが、将太は優しかった両親を死に追いやった酷《ひど》い奴です、躊躇《ためら》いや後悔は微塵《みじん》もありませんでした――

――将太さえこの世にいなくなれば、舟の中の出来事を永遠に葬ることもできるとも考えたのでしょう？　けれども、宗右衛門さんはあなたと藤太郎さん、将太の関わりや真相をいずれ突き止めるはずです。宗右衛門さんの力をもってすればきっと叶《かな》います。なぜ、火事を起こして焼き殺すか、死罪に追い込まなかったのですか？――

――前の御住職が健在の頃、永光寺に目付預かりのお役目が回ってきました。なぜかわかりませんでしたが、悪い予感がしました。そして、その理由《わけ》が時を経て、お上の命により、将太についての記載をつまびらかにしなければならなくなった時にわかりました。これは遠い日の因果の報いだと思い知りました。あのことについては拙僧も将太と同罪なのです。ですので、将太の名を明らかにすることは宗右衛門さんの差し金だとわかった時、何度も火付けを試みましたが、どうしても出来ませんでした。あの舟で将太に縊《くび》り殺される直前、藤太郎はふっと拙僧に微笑みかけたんです。まるでこれから起きることを許してでもいるように――。それからも藤太郎は拙僧の夢に時折り出てきて、やはり微笑むのです。そのたびに藤太郎の肉は拙僧の血肉になっていると思いました。宗右衛門さんはそんな藤太郎の父親です。我が身の安泰をはかるためとはいえ、血と肉の絆がある宗右衛門さんを手にかけたり、陥れたりすることなどできようはずもありません。本来は十三代永光寺住職慧海として死ぬ誉れさえ持ち合わせていない拙僧です――

そこまで話し終えたところで慧海の気配が消えた。

目覚めたゆめ姫はこの一部始終を信二郎への文に書いて届けさせた。

ゆめ姫が描いた藤太郎、新三郎、二人の若者の似顔絵は、元牢番が海釣りで見かけた二人のものとほぼ一致していた。

慧海の亡骸《なきがら》は歴代の住職が眠る墓所に葬られた。姫の夢に出てきた舟の中でのことや、霊になった慧海の話は奉行所の記録には残されなかったが、大工の末吉は鋸だけのことでは決定的な証に欠けるという、しごく当然な理由でお解き放ちになった。

姫は古着屋宗右衛門のところへと足を向けた。

涙ながらにこれらの話に耳を傾けた宗右衛門は、

「これでやっと供養ができます。店の跡継ぎを定める決心もつきました。しかし、おぞましい事実が時を経るとここまで悲しい話になるものなのですね」

まずは息子藤太郎の墓を建てた後、

「このところ、夢に黒い犬は出てこない代わりに、微笑む藤太郎がいなくなった時の年齢《とし》のまま出てきます。何とも親孝行な息子です。これも包み隠さず話してくれた、浜口屋さんの息子さんのおかげのような気もしています」

慧海の墓所へも赴いて手を合わせた。

第三話　正真正銘ゆめ姫危うし!!

一

「姫様、どういたしましょう？」

藤尾がゆめ姫の部屋の障子を開けた。

市中の七夕《たなばた》は屋根の上の笹竹《ささたけ》に願い事を書いた短冊や色とりどりの飾り物をぶら下げ、空よ、曇るな、雨よ、降ってくれるなと空の天の川を見上げる。天の川で隔てられている織姫《おりひめ》、彦星《ひこぼし》は毎年この日限りの逢瀬《おうせ》と決められていて、曇り空や雨空だと出会えないとされているからであった。

そんな色恋模様の七夕が終わるとほどなく草市が始まる。草市は盆の市とも呼ばれていて、あの世から先祖の魂が帰ってくる盂蘭盆会《うらぼんえ》に必要な品々、盆棚の飾り物や青物等の供《く》物《もつ》が売られる。市中は一挙に一種厳粛な空気に包まれる。この時季、夢治療処《ゆめちりようどころ》は繁忙であった。訪れる人たちは、御先祖様が帰ってくるとあって、自分たち子孫に何を望んでいるのか、何を伝えたいのかを診て貰《もら》いたいと希望していた。

姫が瞬きする一瞬に各々の御先祖様の霊が見える。たいていの人たちの御先祖様の霊は、当人たちの後ろでにこにこ笑っていることが多く供養に満足していた。ごくたまにあの世へ行ってから好物が変わったことを熱心に訴える霊はいた。例えば稲荷鮨《いなりずし》は、黒砂糖で油揚げの皮が甘く黒く煮染《にし》められている名料亭八百良《やおりょう》の黒稲荷はもう好みではない、白砂糖と味醂《みりん》を使ってさらりと仕上げた自家製の狐《きつね》色の稲荷でいいといった類《たぐい》の要望である。

それらを告げると、

「よかった、これで供養が的外れでなくなります、ありがとうございます」

子孫たちはほっと安堵《あんど》して帰って行く。藤尾が声を掛けてきたのはそんな人たちの夢治療が一段落ついた昼餉《ひるげ》の頃《ころ》であった。

「中橋広小路《なかばしひろこうじ》の釜屋《かまや》さんから往診で夢治療をしてほしいと言ってきています」

「釜屋さん？　新仏《あらぼとけ》はどなたです？」

ちなみにこの時季に最も数が多いのは新仏を出した家の家族である。

「どなたも——。でもそろそろという方がおいでで、釜屋の主、釜屋剛右衛門《ごうえもん》さんです。元はお百姓で江戸に憧《あこが》れて練馬《ねりま》から出てきて、若い頃は季寄せの振り売りだったのが、色の美しい蠟燭《ろうそく》を売り出して大変な財を築いた方です」

季寄せとは雛《ひな》人形や蚊帳《かや》、炬燵《こたつ》の櫓《やぐら》、門松等、季節や行事に応じてもとめられるさまざまな品を売り歩くか、床店《とこみせ》で商って日銭を得る心許《こころもと》ない稼業であった。

「そろそろというからにはよほどお悪いのでしょうね」

「何でもこのところ、ずっと臥《ふ》せったままだそうです」

「ご心配はあの世に行ってからのことかしら？」

数はそう多くなかったが、死の床にいる者たちの中には、寺で見せられる地獄絵の影響もあって、何より地獄に落ちることを案じて、ゆめ姫にこの先々のことを訊《き》こうとする者がいた。

絵解きとも言われる寺の地獄絵は字を読むことができない者たちを念頭において、わかりやすい精緻《せいち》さと極彩色で、血の池や針の山、棍棒《こんぼう》を手にして人々を追い回す鬼たち等の姿が不気味にかつ恐ろしげに描かれている。

地獄落ちを気に病む人たちは、

「蓮《はす》の池は見えましょうか？　お釈迦《しゃか》様はおいででしょうか？」

極楽往生を切に願っていた。

姫は信じられている極楽の光景までは伝えられないものの、

「いえ、そこまでは。でも光の輪の中においでです。先に亡くなられた御家族や御親戚《しんせき》、お知り合いに囲まれています。皆さん、あなたを迎えに出てこられているのです。あなたは晴れやかなお顔です。満足そうに微笑《ほほえ》んでおられます」

相手の地獄落ちの恐怖を和らげる役目を果たしてきた。

「剛右衛門さんは自分が死んだ後の仕切りを、今生きているうちにしておきたいからとおっしゃっているようです」

藤尾の言葉に、

「それならわらわなど要らないでしょうに」

ある程度の富裕者なら生前に跡継ぎを含む、身代分《しんだい》けをしておくのは当たり前であった。

「何でも、自分が死んだ後に家族がどういう様子を見せるかを、生きているうちに知っておいて、それを踏まえて仕切りたい、決めたいとおっしゃっているのだそうです。死んで霊になってしまってからでは呪《のろ》うことはできても、蔵の千両箱を動かして、墓所に引き込むことなぞできないだろうからと——。初めてですね、こういうの——」

藤尾は呆《あき》れた物言いになり、

「たしかに一理はあるけれど——」

——よほど家族が信じられないのだわ、お寂しい方なのね——

ゆめ姫は急に、死に行く相手が気の毒になって、

「お引き受けしましょう」

中橋広小路の釜屋に往診に赴くことにしたのだった。

すると藤尾は、

「釜屋剛右衛門という人はたいそうアクの強い方と聞いています。よく言う者はおりません。この手は命に未練たっぷりで、自分が死ぬ定めなのも誰《だれ》かのせいにして、大暴れしかねません。本音を言うと姫様には近づけたくない相手です」

ため息さえ洩《も》らしたが、

「夢治療に相手を選ぶのは本意ではないのです」

姫はさらりと躱《かわ》して、

「たとえ手強《てごわ》い相手でもあれを食していけば退《ひ》かずに済むでしょう」

自ら厨《くりや》に立った。あれとは素麺《そうめん》のことである。素麺は七夕の日には欠かせない食べ物であり、その後も夏場は有り難い涼を呼ぶ一品であった。

ゆめ姫の得意な素麺料理の一つが鰻《うなぎ》と夏の青物を使った冷汁素麺《ひやじる》であった。側用人《そばようにん》池本方忠の家にしばらく起居していて、その間、奥方の亀乃から教えられた掃除、煮炊《にた》き、針仕事のうち、姫が最も上達したのが煮炊きであった。冷汁素麺もその一つである。

簡単な料理なので全《すべ》てが決め手になるのだが、特に胆《きも》となるのが出汁《だし》であった。出汁は温かい麺の時同様、たっぷりの鰹節《かつおぶし》と昆布で取るのだが冷汁の場合、塩、醬油《しょうゆ》の量を心持ち多めにしてやや濃いめの味に調えよく冷やしておく。

そして茹《ゆ》で上げて水に晒《さら》し、笊《ざる》に受けて水気を切り、器にとった素麺にかける。それゆえ、出汁の味が薄すぎると、暑さで味覚が鈍り濃い味が恋しい夏場の料理でもあり、食が進みにくくなる。

これと合わせる鰻は開いて塩を振って焼いただけのふっくらあっさりとした白焼きで、片や夏青物の茄子《なす》と冬瓜《とうがん》の方は醬油や味醂、煎《い》り酒を用いたコクのある出汁で煮込んでおく。これらをよく冷ましておいて、冷やした出汁を張った素麺の上に、すり下ろした生姜《しょうが》少々と共に載せて供する。

「甘辛味のたれのかかった蒲焼《かばや》きだけが鰻ではないと感じさせる逸品ですよ」

「茄子や冬瓜も鰻に負けてないでしょ？　これで釜屋へ行く元気も出てきたのでは？」

食して満ち足りた藤尾とゆめ姫は、手早く昼餉の片付けを済ませ、身仕舞いを終えると中橋広小路へと向かった。

釜屋は間口こそそれほど広くはなかったが、屋根の上の看板が際立っている。とびきり大きな字で蠟燭屋釜屋と書かれている。

「よくおいでになってくださいました」

年齢《とし》の頃、三十路《みそじ》を幾つか出た年頃の男が迎えてくれた。

「大番頭の余吉《よきち》と申します」

江戸の歴史と共に生きてきたような老舗《しにせ》の大番頭は年老いているものだが、釜屋のような主《あるじ》が成り上がりの新興商家では大番頭がこれほど若くても不思議はなかった。

「夢治療処のお噂《うわさ》は耳にしております。ゆめ先生の夢治療はたいそうなものだとか――。何でも奉行所のお役目まで務められていて、市中の取締りに尽力されているとも伺いました。いやはやたいしたお方でございますね」

余吉は姫と藤尾に等分の笑顔を向けた。一瞬藤尾の頬《ほお》が赤らんだのに気づいたゆめ姫は、

――もしかして――

ちらと藤尾を見て、

――まあね、蓼《たで》食う虫です――

藤尾の顔はさらに赤くなった。

ゆめ姫は気づかれないようにと気をつけながら余吉をよくよく眺めた。背は高すぎず低すぎず、首も長すぎず、短すぎずで体躯《たいく》はやや華奢《きゃしゃ》、役者顔の一歩手前の男前で、その分近寄りがたさはない。如才なく、温かみが感じられるなかなかの色男であった。

──たしかに。藤尾が蓼食う虫になるのは少しわかります。感じのいい大番頭さんですものね──

──でしょう？──

この間二人は俯《うつむ》きあっていたが、余吉は先を続けた。

「文《ふみ》をさしあげてから、改めててまえがお願いに伺うつもりでおりました。こうしておいでいただけたこと、恐縮に存じます。まずは茶など召し上がってお休みいただいた後、主に会ってください」

こうして二人はやや華やいだ気分で釜屋の中へと導かれた。

二

剛右衛門の部屋はくねくねと鰻の寝床のように続く暗い廊下の突き当たりにあった。絵蠟燭の店とあって店内こそ、次から次へと考え出されているのだろう、新しい絵柄の蠟燭が並んでいて、花畑に居るかのような華やいだ雰囲気が満ちあふれていたが、家の中は黴《かび》臭く陰気であった。

廊下を挟んだ部屋の納戸と思われる幾つかには錠前がかかっていて珍しく、一瞬、牢《ろう》ではないかと錯覚させられたが、

「とにかく旦那《だんな》様は用心深いお方でして。そこまでのお気持ちがあればこそ、並々ならぬ艱難辛苦《かんなんしんく》を越えられて、今日の成功を手にすることができたのです。てまえごときはただただ学ばせていただいておりますだけで」

余吉の説明を聞くと、なるほどそうかもしれないと姫は藤尾と顔を見合わせて頷《うなず》き合った。

「こちらでお内儀さんとお嬢様がご挨拶《あいさつ》をなさりたいとのことです」

二人は客間に通された。

――この方々が御家族――

売れっ子芸妓《げいぎ》が着るような高価な京友禅《きょうゆうぜん》を纏《まと》った艶《あで》やかな美形の妻がやや険のある目をこちらへ向けている。十五、六歳ほどの娘も母親同様濃い化粧で、年齢不相応な豪奢な着物を纏っている。ゆめ姫を一瞥《いちべつ》すると、

「へーえ、若いんだね」

ぞんざいな物言いをした。

「お内儀さんのみずえ様、お嬢様のお蓮《れん》様です」

余吉が紹介すると、

「夢治療処からまいりましたゆめにございます」

「先生の手伝いの藤でございます」

下座に座った二人は頭《こうべ》を垂れたが、みずえとお蓮は睥睨《へいげい》するように見据えただけであった。

客間を辞する際、

「夢見とかでおまんまを喰《く》ってる夢治療処の先生に言っときます。あたしたちは夢治療なぞ信じちゃいませんよ。もちろん死んで霊になるなんてことも、そもそも死んだらお仕舞い、生きてる時だけが華だって思ってるんです。でもうちの人はそうじゃなくて。あたしたちは気に染まなかったんだけど、どうしてもって言い張ってあんたを呼んだんですよ。あの男《ひと》も生きてる間は釜屋の主だし、年齢《とし》も二十近く上だし、年長者に仕様がなく従ったんですよ。だから、例えば、あんたが高い治療代欲しさに、あの男が死んでからのあたしたちのやることなすこと、あたしたちが大喜びで形だけの供養を済ませた後、好き放題楽しくやるなんてことをくれぐれも吹き込んだりしないでくださいよ。もしそんなことをしたら、ただじゃおきませんからね。あたしにはその筋の知り合いだっているんですから」

みずえは切れ長の目を吊《つ》り上げて念を押してきた。

――こんな酷《ひど》いことをこともあろうに将軍家の姫様に――我慢できません、姫様、帰りましょう――

藤尾はそっと姫の手を引こうとしたが、

――相手はわらわの出自など知らぬのですからこれも仕方がありません。それに治療を受けるのはこの方々ではなく、剛右衛門さんなのですから——

ゆめ姫はその手に捕まらないように自分の手を引っ込めた。

「お内儀さんは絵師たちが競って通い詰めて美人画を描きたがったという、元は浅草《あさくさ》広小路一の芸妓さんです。縁あって落籍《ひ》いてくれた旦那様への恩を忘れていようはずもなく、あんなおっしゃり方をなさっていても、実はとても案じていらっしゃるのです。お蓮お嬢様も同様です」

余吉は困惑気味に取りなした。

剛右衛門は緋色《ひいろ》の地に咲き乱れる、白牡丹《はくぼたん》と薄桃色の芍薬《しゃくやく》が描かれている派手な布団にくるまっていた。布団の大きさから六尺（約百八十センチ）はあろうかと思われる大男ではあったが、とにかく病み痩《や》せ衰えて、下駄《げた》のように四角くいかつかったであろう顔までも小さく、目鼻口も窄《すぼ》んでしまい、顔色は土気色に近い。いわゆる死相が現れていた。

余吉が姫たちの訪れを告げると、弱々しく頷き、余吉の手を借りて上半身を起こすと、主の口元に耳を近づけた余吉に何やら呟《つぶや》いた。

「夢治療処のゆめにございます。これなる者は手伝いのお藤です」

挨拶したゆめ姫はさっと剛右衛門の骨の突き出た右肩口に触れた。

瞬時に見えていた世界が闇《やみ》に閉ざされた。灯明の仄《ほの》かな光の中で、白装束《しろしょうぞく》を着せられた骸《むくろ》の剛右衛門が担がれて桶《おけ》に入れられる様子が見えた。

〝わかってると思うけど、よろしくね〟

みずえが告げて銭を墓守たちに渡した。

〝合点承知〟

〝こちとら、投げ込んじまえば、そのまんまってえ、都合のいい底なし沼を知ってますからね〟

〝くれぐれも誰にもわからないように、いいね？〟

〝もちろんでさあ〟

〝あーあ、やっと終わったね、おっかさん〟

お蓮もそばに居た。

〝あたし、いつか、いつかって指折り数えてたのよね。これでこれからずーっと楽しいこといっぱいできるね、おっかさん〟

〝ほんと、この日を夢見てた。あたしゃ、もう一花咲かせたいよ〟

〝生きてるもん勝ちだもんね、おっかさん〟

〝死んで花実が咲くものかってね〟

母と娘はけらけらと嬌声《きようせい》を上げた。

次の瞬間場面が変わった。泥の色をした沼が見えている。棺桶《かんおけ》を担いでいる墓掘りたちの前に余吉が這《は》いつくばって頭を下げていた。

〝お願いです、その棺桶を上練馬村の康円寺《こうえんじ》まで運んでください。旦那様と血のつながりある方々と一緒に安らかに眠らせてさしあげたいのです。この通りです〟

余吉は有り金全部を詰めたと思われる布袋を土の上に口を向けて逆さにした。

〝これは全て旦那様にお仕えしていただいたものです。五両近くはあるのでこの願い、何とか、何とかお聞き届けいただけませんか？〟

余吉の頭は地べたにこすりつけられた。

じっと土の上にばらまかれた銭を見ていた墓掘り人の兄貴分が、

〝あのお内儀がくれた銭もある。そうなると、両手に花ってことなんだから、断る理由もねえだろ〟

弟分に相づちをもとめた。

〝そうさな、沼だろうが田舎の寺だろうが、骸始末屋の俺《おれ》たちにとっちゃ、変わりはねえ〟

〝けど、あんた、上練馬村っちゃ結構遠いぜ。これだけで済まそうってのは虫が良すぎるんじゃあねえか〟

兄貴分に凄《すご》まれて、

〝わかっております、あと一両、何とか働いて都合いたします。ほんとうです、この通り、この通りです〟

余吉は頭を上下させた。

〝なら、あんたを信じて引き受けよう。そもそも供養なしの沼どぼんばかり請け負ってちゃ、いつか罰が当たるんじゃねえかってね、時々いやーな気分になるんだ。神や仏がいるんなら、この供養で帳消しにしてもらいてえもんだな〟

弟分は知らずと薄く笑みを浮かべていた。

そこで姫が白昼夢から覚めると、

「文でお知らせしておきました通り、亡くなった後のお内儀さんやお嬢様の様子をお聞きになりたいそうです。そして、その様子を元に、遺す身代の割り振りをなさりたいのだと。あなた様が夢見にて嘘《うそ》偽りなく自分の死後の様子を語ってくだされば、釜屋の蔵の千両箱一箱を治療代としてさしあげたいとおっしゃっています」

余吉が主の意向を伝えた。

——姫様ぁ——

ぱっと目を輝かせた藤尾がゆめ姫の片袖《かたそで》を摑《つか》んだ。

——千両箱ですよ、千両箱っ。御老中様方に浪費を指摘され、いつも遣《や》り繰《く》りに四苦八苦している浦路様が、これを聞いたらどんなにお喜びになることか——

——今はそんなことに気を取られている場合ではないわっ‼——

ゆめ姫は片袖を引っ張っている藤尾の手を邪険に退《の》けた。

——はて、どうしたものかしら——

ゆめ姫は躊躇《ちゆうちよ》した。

——ここで夢で見た光景を明らかにしてしまうと、剛右衛門さんはお内儀さんやお嬢さんに何も遺さず、余吉さん一人に店や身上《しんしよう》を預けることでしょう。でも、みずえさんやお蓮さんにこんなにまで、夫と父親を恨ませる理由《わけ》が過ぎし日にあったとしたら——。もう少し夢の続きを見なければ——、ここですぐに決めることなどできはしない——

「次に伺った時にお話しいたします。それから夢治療のお代はいただきますが、過分なお取り計らいは固くご辞退いたします」

そのように告げて姫は釜屋を辞した。

三

この夜、姫は夢を見た。しかし、意外にも現れたのは、もう誰の夢にもこの世にも出てはこないはずのあの大きな黒い犬であった。

〝久しぶりね、こうして出てきてくれたのは差し迫った場のこととはいえ、あなたは殺されて糧《かて》にされた藤太郎さんの魂ではなかったということなのかしら？〟

ゆめ姫は思いきってその犬が人であるかのように話しかけてみた。黒い犬は吠《ほ》えもせずにじっとこちらを見つめている。無心で人なつっこいその目は犬の目以外の何ものでもなかった。

——やはり、犬は犬なのね——

そう心の中で思った時、見えている画面の範囲が広がった。犬の大きな身体《からだ》だけだったのが飛び乗って座っている千両箱まで見えたのだ。千両箱には先ほど訪れた店の屋号が刻まれている。

――これは釜屋剛右衛門さんと関《かか》わりがある。この先何か起こるのだわ――

そこで目が覚めたが、この夢見は藤尾にも話さなかった。

「姫様、大変でございます」

藤尾が剛右衛門の死を報《しら》せてきたのは昼を過ぎてからのことであった。

「大番頭の余吉さんの使いの方がおいでになりました。何でも市中に菩提寺《ぼだいじ》を決めておられなかったとのことで、野辺送《のべおく》りは通夜《つや》の後、生まれ在所でなさるとのことです。通夜は本日の夕刻からです」

――やはり――

ゆめ姫は夢の通りだと思った。

「通夜には行かれますか？」

藤尾の言葉に、

「もちろん、まいります」

姫は大きく頷いた。

「市中にはあのお内儀さんとお嬢さんのほかに身寄りがないと聞いています。何しろ評判のすこぶる悪い方でしたから弔問客が集まるかどうか――、姫様が無理をなさらずともわたくしが代理でまいっても――」

藤尾は知らずと頬を染め、

――余吉さんに会えるものね――

ゆめ姫は初めて目の当たりにする藤尾の恋が微笑ましかったが、

「市中の評判とわらわの行く行かないは別です。昨日お会いしたばかりとはいえ、剛右衛門さんはわらわの夢治療を望まれていた方ですから」

きっぱりと言い切った。

「わかりました、お支度を調えます」

藤尾は張り切って弔問用の着物を衣桁《いこう》に掛けた。

「わたくしたちは身寄りでも仕事上でつきあいのある相手でも、どうせこれもあの主に限ってあるはずもありませんが、碁や俳諧《はいかい》等の趣味のつながりでもないので、通夜には遅れてまいるのが礼儀と心得ます」

藤尾の判断で二人は夜更けた頃、釜屋へと足を向けた。昼間は賑《にぎ》わう市中の表通りとはいえ、どこの店も大戸を下ろしていて、あたりはしんと静まり返っているのが常なのだが、この日ばかりは異なっていた。

この刻限にしてはすれ違う侍たちや商家の使いの者たちの数が多い。実はこれらの者たちは姫が起居している夢治療処の近くに住んで、警固に当たっているお庭番たちなのであった。前を行く者たちはゆめ姫たちの前を、後ろから足音を忍ばせてついてきている者たちは後ろを守っている。その他にも各辻《つじ》では必ず数人が見張っていた。もっともこの事実はゆめ姫の知らぬことで、藤尾だけが知っている。

「ずいぶんと遠回りをするのですね、昨日の昼間行った時はもっと早く着けたのに」

姫は思わず不満を洩らしたが、

「姫様もわたくしも女子《おなご》です。ですので暗い夜道には用心いたしませんと。草木の多い抜け道なんか通ったら、どんな悪者が待ち伏せていないとも限りません」

「それはそうですね」

ゆめ姫は納得した。

釜屋が見えてきた。

「驚きですね」

普通、家人の死に際しては、店先や門に白地に黒で家紋が描かれた提灯《ちょうちん》が飾られるものなのだが見受けられない。

やや長めの人影が近づいてきた。

「まあ、信二郎様」

さらに藤尾は驚いた。

「まさか、ここの亡くなったご主人とお親しかったなんてことはありませんよね」

藤尾は首を傾《かし》げたが、

「何か起きたのでしょう?」

念を押した姫は瞬時に見えている光景が掻《か》き消えて、白装束に着替えさせられて北向きに臥している、骸となった剛右衛門の前で手を合わせている自分の姿を見た。

〝ご愁傷様でございます〟

深々と頭を下げた自分が喪主であるみずえに近づいて耳打ちした。

〝折り入ってお話がございます〟

何とみずえは喪服に着替えずに豪華絢爛《けんらん》たる、金糸銀糸が織り込まれた着物姿であった。

お蓮も同様で立ち上がると、やはり派手な柄の振袖の長い袖をぱたぱたと振りながら、

〝ああ、やっと死んでくれた、清々したわ、こんなにうれしいことってないっ〟

死者の前で小躍りしてみせた。

そんな娘を咎《とが》めるでもなく、

〝わかりました、あちらでお聞きします〟

みずえはゆめ姫を自分の小部屋へと案内した。

〝今更、何の用ですか？　まさか死んだうちの人に話すつもりだった、死後のあたしたちのことについて、夢見料を出せなんて言うんじゃないでしょうね。死んだ人が頼んだんですから、そんなもん、びた一文だって払いませんよ〟

長火鉢の前に座ったみずえは強い口調で告げると、

〝ったく、面倒くさいったらない。早く始末を済ませて、ここの身代と一緒にゆっくり寝たいもんだわ〟

女物の長煙管《ながぎせる》を取り上げると、長火鉢に屈《かが》み込んだ。

この間、あろうことか、姫は片袖に入っていた帯紐《おびひも》を取りだして、ふっと笑いながら相手の背後へと回った。

——何？　何をするつもりなの？——

〝たいしたご用ではございません、あなた様のこれからが見えたのでお伝えしたかったのです〟

夢の中の自分がみずえの首に帯紐を巻き付けてぎりぎりと力一杯締め上げていく。みずえはばたばたと全身で抵抗した。

——や、止《や》めて、止めなさい——

ゆめ姫は声を限りに叫んだつもりだったが、声にはならなかった。

やがてみずえの首はがくりと長火鉢の灰に向かって倒れ、そのまま動かなくなった。

——ど、どうして？　こんなことが？——

白昼夢から覚めた姫は唖然《あぜん》としつつも、信二郎の目を見て事の次第がわかった。

——これはこれから起きることではない。もう起こってしまったことなのだ。だから信二郎様が駆け付けてきていて、わらわのことを苦しげで悲しげな目で見ているのだわ——

「よもや、あなたがここへ来られるとは思っていませんでした」

信二郎はゆめ姫から視線を逸《そ》らした。

「ここで起きたことは今知りました」

「釜屋剛右衛門が死んだのは今度発作が来たら息が止まると医者が告げていた通り、間違いなく心の臓の重篤な病ゆえでした。けれどもお内儀みずえの方は自分の部屋で一服しかけていたところを、あなたに縊《くび》り殺されたもののように見受けられます」

「わたくしが今より前に通夜に訪れていたとおっしゃるのですね」

「ええ。あなたの姿は大番頭の余吉やお蓮が見ています。通夜の席でお内儀に耳打ちしていた様子も。廊下を歩いていたお蓮は、お内儀があなたを自分の部屋に招き入れるのも見ていました」

「あの、ゆめ先生はお一人でおいででしたか？」

藤尾が話に分け入った。

「一人だったわよ」

只《ただ》ならぬ気配を聞きつけてお蓮が店先まで出てきた。後ろには余吉の姿もあった。

「でしたら、ゆめ先生ではありません。ゆめ先生には常にわたくしがお供いたしておりますので」

藤尾はきっぱりと言い切ったが、

「そんなことない。一人だった。あたし、嘘なんて言ってないわ。そうでしょ、余吉」

お蓮に促された余吉は、

「左様でございます。たしかにゆめ先生お一人でした」

姫たちの方を見ないようにして同調した。

「よかったじゃない、あんた。これでこの女の仲間だと思われて、打ち首にならずに済むんだもの、少しはあたしたちを有り難く思ってよ」

お蓮は乾いた声で、

「あたしを産んでくれたおっかさんまで死んじゃったけど、おっかさんもおとっつぁんに負けず劣らず、子ども嫌いであたしには無頓着だったから、正直、あんまり悲しくないのよね。それより、ゆめ先生がおっかさんを殺してくれて打ち首になるから、ここの身上、ぜーんぶあたしのものってことになる。そっちのがうれしいわ」

からからと笑った。

四

「聞き捨てならぬことを耳にいたしたぞ。なにゆえ、ここにいるゆめ殿が打ち首になると釜屋の身代がお蓮一人のものになるのだ？　剛右衛門、お内儀亡き後二人の身内はお蓮一人、ゆめ殿は夢治療を施している身で、もとよりここの身代とは何の関わりもないはずだ」

信二郎は余吉の方を見て言った。大番頭の余吉なら、主剛右衛門に代わって書き付けたものを持っているかもしれないと思ったからであった。

「実は昨日、ゆめ先生がお帰りになった後、我が主は〝みずえやお蓮はわしが死ぬのを待っている。ゆめ先生には間違いなく、わし亡き後のみずえやお蓮の目も当てられない行状が見えている。ここまで商いでのしてきたわしの目は、節穴ではないぞ。それとわしも死が間近になって、勘が研ぎ澄まされてきている。ゆめ先生は千両箱に目が眩《くら》むこともなく、死の床にいるわしの悲嘆を案じて見えた真実《まこと》を口にしなかったのだ。わしは死に行く者へのその優しさが気に入った。それゆえ、書き置きを書き換えるぞ〟とおっしゃり、このようなものをてまえに託されました」

やはり余吉はゆめ姫たちの方を見ないで、懐《ふところ》に入れていたものを信二郎に渡した。信二郎は声に出してこれを読んだ。

釜屋剛右衛門覚え書

身代はみずえ、お蓮、ゆめ先生に託す。わし亡き後の釜屋には先が見通せる者が要る。みずえ亡き後はお蓮とゆめ先生に託す。お蓮亡き後はゆめ先生に託す。

「余吉、骨身を惜しまず、むずかしい主に仕えたおまえの名は書かれておらぬな」

信二郎はまた余吉を見た。

「胸中穏やかではあるまい」

「滅相もございません」

余吉は大きく首を左右に振って、

「てまえの生家は貧乏人の子沢山でございました。ある時、父親に人で賑わう泉岳寺《せんがくじ》に連れ出されて、握り飯を二つ渡され、これからは一人で生きて行くように言われました。親に捨てられたのです。てまえは八人いる兄弟の五番目で、身体は一番頑健だったとはいえまだ六歳でした。握り飯を頬張りながら泣いていると釜屋の旦那様が声を掛けてくださいました。理由《わけ》を話すと死んだ気で働くのなら、飯を食わしてくれるというのです。飯のために懸命に働きました。十二歳になると、月に一度、夜の明けないうちに、つきあいのある米屋へ大八車を曳《ひ》いて行きました。その決められた日には、米屋の裏手に安く売りさばく屑米《くずまい》の俵が放《ほう》りだしてあったのです。ぐずぐずしていて、物乞《ものご》いに先を越されることもありました。一人で、奉公人が食べる屑米の俵を幾つも積み込んで戻れるようになると、飯のお代わりはし放題でした。食べ盛りのてまえにとってはこれが夢のような幸せでした。正直冬場は手のあかぎれに乾いている俵の切っ先が食い込んで痛く辛《つら》かったものです。けれども、今ではあんな苦労もあったなと、特に冬の寒い朝にはあの頃のことが思い出されます」

淡々と剛右衛門との出会いと釜屋での奉公の思い出を話した。

「なるほど。ならばここでずばり訊こう。おまえは主剛右衛門を慕っていたか？　好きであったか？」

信二郎は余吉の顔に目を据えた。

「慕うとか、好きとかを超えた絶対の主でした。泉岳寺で助けていただけなければ、てまえは飢え死にしていたわけですから。命の恩人にこれ以上、何も望むものはございません」

言い切った余吉の頬を涙が伝った。それは姫たちが初めて見る余吉の涙でもあった。

「まあ、剛右衛門さんの厳しさを支えにして忠義を励まれたのですね」

思わず藤尾まで貰い泣きした。

「そんなのどうでもいいから、ゆめ先生をお縄にして、早くお役人には引き取ってもらいたいわ。野放しにしといたら、あたしまでこの女に殺されかねないもんね」

お蓮はゆめ姫を睨《にら》みつけて信二郎を促した。

「しかし、このゆめ殿が——、ゆめ殿は数々の事件に惜しみなく尽力してくださった方です——」

信二郎が苦渋に満ちた顔で戸惑っていると、

「でも、あたし見たのよ、その女がおっかさんと一緒に部屋へ入ってくとこ——、その前はおっかさんに耳打ちしてたわよね、ねえ、余吉」

お蓮の言葉に余吉は頷くよりほかはなかった。

「しかし——」

さらにまだ、この場をどう乗り切ろうかと逡巡《しゅんじゅん》している信二郎に、

「わかりました」

姫は両腕を揃《そろ》えて前に出した。

「どうか、お縄にしてください。全てはわたくしに覚えのないことですので、その旨をお話ししたいと思っています」

——姫様、そんなあ、こんなこと、いったいどうしたら——

片袖を摑んで狼狽《うろた》える藤尾に、

──大丈夫だから、どうか落ち着いて──

ゆめ姫はそっとその手を放させた。

こうして姫は番屋に連れて行かれることとなり、

「お願いです、わたくしに付き添わせてください」

藤尾は泣きながら申し出たが、

「あなたまで仲間だったのではと疑われては、ゆめ殿も本意ではないはずです」

信二郎は藤尾の同行を認めなかった。

「それではこれを、これだけを」

姫は〝くれぐれもこの件、父上様には内密に。じいへ〟と手控帖《てびかえちょう》に書くと、破って二つ折りにして藤尾に渡し縛《ばく》に就いた。

番屋に留め置かれている間、
信二郎はゆめ姫の先々を案じる余り、不眠続きで目を赤くしていた。

「あなたも御存じのあの秘密裡《ひみつり》の処遇である目付預かりにすることもできますが──」

「いいえ、それには及びません。そもそも目付預かりにはたいそうな金子《きんす》が要るのでしょう？　身寄りのないわたくしにはとても無理です」

「上様の御側用人である池本の父上に頼めば何とか──。ああ、でもこれは明らかに殺しなので、無理が通るかどうか──。母上もこれは我が娘の難事同然だと言い切って、それがし同様大変案じております」

この時、姫は池本家で暮らしていた頃、熱を出すと寝ずの看病をしてくれた亀乃の優しさを思い出していた。

――叔母上《おばうえ》様にどれだけご心配をおかけしてしまっていることか――

「それに何よりわたくしは罪を犯してなどいないのですから。目付預かりとなると罪を認めたこととなります。ゆめという名を捨て夢治療処も閉じなければなりません。わたくしにとって夢治療は大きな生き甲斐《がい》なのです」

姫は言い切り、小伝馬町《こでんまちよう》の牢送りとなった。

調べが始まった。ゆめ姫をみずえ殺しの下手人とする決め手は、通夜の席でみずえに近づくのを見たという、お蓮と余吉の目撃談だった。藤尾と二人、家に居たというだけでは、主に強いられた藤尾の口裏合わせとも考えられ、お蓮たちの証言をひっくり返すことなどできようはずもなかった。何日か、堂々巡りのようにこうした不毛な調べが続いた。

――ずっと罪を認めないでいると、怖い責め調べで認めさせるのだと、信二郎様はおっしゃっていた。石を抱かせられるのは聞いたことがあるけど――

さすがの姫も不安になりかけていると、

「明日はこちらの調べを休む。寺社奉行様の代理のお方がおいでになり、そのお方がおまえを直々にお調べになるとのことだ」

馴染《なじ》みになった役人が告げた。

翌日、味噌《みそ》汁と雑穀飯だけの朝餉を終えると、

「寺社奉行様代理池田《いけだ》忠治郎《ちゅうじろう》様がお待ちである」

役人がゆめ姫を迎えに来た。

縄を打たれたまま、奥の部屋前の土の上に敷かれた筵《むしろ》に座らされた。広縁《ひろえん》には、やや質が劣る小袖《こそで》と袴《はかま》を付けた、実は寺社奉行代理などではない、将軍家御側用人である池本方忠が座っていた。

「人払いを」

方忠は厳《いか》めしい顔で命じ、

「では、これで。何かございましたら――」

役人の足音が遠ざかって行った。

「姫様、何というお労《いたわ》しいお姿で――」

方忠は泣き崩れてくしゃくしゃな顔になった。縁先に下り、姫に駆け寄り、すぐに縄を解こうとしたが、

「駄目です、じい。お縄のかけ方は結構コツが要るのだから。外したら元に戻せなくなってしまいます」

ゆめ姫も幼い頃、良き遊び相手になってもらえた方忠に会えて感無量、熱いものが込み上げてきていたが、

――ここは平静を保たなければ――

あえて感情を抑えた。

「それではせめて――」

方忠は姫を広縁に腰掛けさせようとしたが、

「それも駄目。壁に耳あり、障子に目ありっていうのはじいの口癖だったではありませんか。じいはそこに座ってて。わらわが近づいて、用心しながらなるべく小声で話しましょう」

「承知いたしました」

こうしてゆめ姫と方忠との間に話し合いがはじまった。

「父上様には内緒にしてくれているでしょうね？」

姫の念押しに方忠は曖昧《あいまい》に頷いた。

五

「まずはどうして、じいが寺社奉行様代理池田忠治郎と名乗ってここへ来て、わらわの前にいてくれるのか話して――」

「信二郎よりこの驚くべきことの次第を聞いておりましたが、これはもう姫様が市中から千代田《ちよだ》の城に戻られる潮時なのだと思いました。目付預かりにできるのは商家などの倅《せがれ》が犯す軽い罪に限られているので、如何《いかん》せん殺しの疑いでは無理です。それでこうして身分を偽り、寺社奉行代理池田忠治郎として姫様をお迎えにまいったのです。奉行所の記録には姫様は寺社奉行預かりの身として記されます」

「呆《あき》れた、目付預かりの他にもそんな罪を逃れる特別な手段があったのね」

「昨今は町奉行所の吟味も厳しく、武士が町人を切りつけた時もそれが正しかったか否かの線引きもうるさくなってまいりました。与力《よりき》である一方、戯作者《げさくしゃ》として市中の人々の想《おも》いに通じている倅信二郎などはそんな先鋒《せんぽう》の一人です。そのような御時世ですので、武家の倅の暴れ者たちがまともに裁かれると当人は自害、お家まで取り潰《つぶ》しになってしまいかねません。そこで致し方なく、寺社奉行預かりという処遇が設けられたのです」

「嫌ですっ。目付でも寺社でも預かりの身となってしまえば、未来永劫《みらいえいごう》、夢治療処のゆめではなくなってしまいます。何がなんでもわらわはじいと一緒にはここを出ません」

ゆめ姫は知らずと寺社奉行様代理池田忠治郎の方忠を睨み据えていた。

「ここを出なければ姫様の身に大変なことが起きます」

「わかっています、足の骨が折れるまで石を抱かせられるとかの責め詮議《せんぎ》でしょう？　あと、漏斗《じょうご》を口に咥《くわ》えさせられて水を飲まされ、溺死《できし》寸前にまでされる水責めとか――」

姫は怯《ひる》まなかった。

「姫様は若い女子です。梁《はり》に吊される羽目になった女子の罪人には、男の罪人とは異なる耐えきれない責め詮議が行われて、舌を噛《か》んで自ら死ぬ者までいると聞いております」

――それって、もしかして――

この時ゆめ姫は好色な役人に犯される夢を見たことを思い出した。

「でも、ここの役人たちは生真面目《きまじめ》よ」

反論した姫に、

「それは今のところはでしょう？　責め詮議に入れば態度は変わるはずです。役人たちも男、一人の女を嬲《なぶ》り続けて辱《はずかし》めの限りを尽くしても良心の呵責《かしやく》など覚えない、獣の群れと化するものです。皆、今頃、姫様の責め詮議の日を夢見て舌なめずりをしていてもおかしくありません」

方忠は眉間《みけん》に皺《しわ》を寄せた。

このほんの一瞬、胸元をさらけ出させられ、裾《すそ》を乱されて梁に吊されている自分の姿と、飢えた狼《おおかみ》のようにぎらぎらした目で見つめている役人たちが見えた。その中の一人に黒谷彦市郎が居る。

――母上のお友達だったお紫乃さんをあんな目に遭《あ》わせた奉行所同心黒谷彦市郎も、退《ひ》き時が来るまで奉行所務めが出来ていたし、自分の娘を犯そうとしていたとわかって絶望、自害する、人としてのまともさは持ち合わせていた。黒谷の悪行は女責め詮議のお役目が引き金になっていたのかも――

知らずとゆめ姫は身震いしていた。

「少しは怖がっていただけたようですね。後のお話はここを出てからにいたしましょう」

方忠はやや苦く笑い、先ほどの役人を呼ぶために、手を叩《たた》いた。

現れた役人は方忠が一言、

「上意」

声を張ると、

「はっ」

緊張してかしこまったがその後、姫をちらと見た目は、餌《えさ》を横取りされた野良犬《のらいぬ》にも似て残念そうに見えた。

こうしてゆめ姫は縛《いまし》めを解かれた後、牢屋敷の裏口で二人を待っていた乗物に乗せられた。乗物が向かった先は池本家の菩提寺であった。

寺の裏手で出迎えた住職は、

「住職の幸信《こうしん》にございます。心得ておりますゆえ、何かとご不自由ではございましょうが、しばらくごゆるりとお暮らしください」

二人を本堂と渡り廊下で繋《つな》がっている奥まった一室に案内してくれた。

「さあ、姫様、どうぞ」

方忠は姫を上座に座らせるとかしこまって平伏した。

「小伝馬町でのご無礼の程、どうかお許しくださいますよう」

「そんなことはどうでもよいのです。女責め詮議に遭わずに済んだのはじいのお陰と感謝しています。けれど、このままでは寺社預かりで、わらわの姿をして釜屋のお内儀を殺した下手人は野放しです。釜屋の身代と関わりがあるのならば、お蓮さんに魔の手がのびるかもしれません。その前に捕まえなくては――」

「そうなった場合、一番に疑われるのは釜屋剛右衛門とやらの気まぐれで、千両箱一箱どころか、身代をそっくり譲られる姫様ですよ。ですのでとにかくしばらくはここから出ずにお暮らしいただきたいものです」

「そして、ここから出る時は西ノ丸へ帰れと?」

「そうしていただければ有り難いです」

知らずと方忠は畳の縁に頭を擦《こす》りつけていた。

「じい、そのような姿はもうよい」

「いいえ、いいえ、このまま、このまま、一つ姫様に詫《わ》びなければならぬことがございますので」

「おおかたこれまでのことを父上様に話してしまったのでしょう?」

ゆめ姫はため息を洩らした。

——それで、じいが寺社奉行代理になって、この手回しになるのね——

「ですが、上様にお伝えしたのはわたしではございません。藤尾はわたしに姫様からの伝言の文を届けただけではなく、何と大奥の浦路殿にまでもこの難儀を伝えてしまったのです」

思い詰めた様子で平伏し続けている方忠はぜいぜいと胸を鳴らした。

「浦路にも言わないようにと口止めするべきだったわ」

姫はまたため息をついた。

「浦路殿はこの一件を上様にお報せした後、全ては大奥総取締役である我が身の失態であるとして、覚悟の文をわたしに寄越した後、毒を呷《あお》って自害しようとしたのです。わたしが急ぎ駆け付けなければ、とっくに果てていたはずです」

「大事に到《いた》らなくてよかった――」

さすがにゆめ姫は胸の辺りがちくちくと痛んだ。

――わらわさえ、市中で夢治療さえしていなければ――

「父上様の知るところとなり、浦路にそのようなことまで起きているとしたら、わらわは千代田に戻るしかないのね、仕方ないのかも――」

姫はもう何もかも諦《あきら》めるしかないと思った。

「実はわたしも浦路殿と同様の覚悟でございました。このような顚末《てんまつ》を上様は決してお許しにならないと思っていたからです。その場合、姫様はお気づきになっていないかもしれませんが、市中にあって姫様をお守りしている者たちにまでも罪過は及びます。おそらく全員自害、いや打ち首にならざるを得なくなるものと――。ところが上様はわたしにこうおっしゃったのです。〝浦路は思い違いをしたようだが命を取り留めて何よりであった。これはゆめにとって正念場だ。是非ともこの難儀を越えさせてやりたいものだ、力を貸してやってくれ〟と。姫様のご成長を真から願われるお気持ちに感激いたしました。浦路は〝釜屋で騒動が起きた時、警固の者たちは何をぼんやりしていたのか、姫様が不浄役人に捕らわれる前に、その場で闘い、西ノ丸へお連れすることもできたであろうに〟と血相を変えていたそうですが、上様からは我らを責めるお言葉は一切なかったのです」

――父上様のお考えは有り難いけれど、奉行所で女責め詮議が行われていることなどきっと御存じないのね。だから知っている浦路が激昂《げきこう》したのも無理はない――

「そうは言っても、罪人扱いされている姫様の身に、髪の毛一筋の穢《けが》れでも生じさせられたとしたら、上様のお怒りは雷神をも凌《しの》ぐはずです。何しろ姫様は上様のご寵愛《ちょうあい》が並み外れて深かった、お菊の方様の忘れ形見でいらっしゃいますから――。ここは我らも慎重にことを進めて行かねばなりません」

方忠はゆめ姫の顔を覗《のぞ》き込むように見た。

「まさか、じいたちが、わらわが釜屋のお内儀殺しの真相を摑むのを手伝ってくれるとでもいうの?」

「上様のご意向でございますから。それに手伝うといっても、倅信二郎に藤尾の二人に、浦路殿とわたしですが――」

「ありがとう。でも、わらわがどうしても足を運ばなければ突き止められない時もあるのよ。その時はしばしここを抜け出ることになるけれど――」

「申し忘れておりましたが、そのような時は警固の者たちが今回の失態を償おうと、命に代えて姫様をお守りします。でもなるべくお出かけにはなりませんように――」

「もちろん、わかっています」

ここで姫は久々の微笑みを浮かべて大きく頷き、方忠はほっと安堵した。

六

方忠が菩提寺からの帰路に就いてしばらく、ゆめ姫は畳の上でうとうととまどろんだ。

――小伝馬町では牢の土間が寝床だったのだから、布団など無くてもここは極楽だわ――

黒い犬の夢を見た。

――そういえば、牢では何の夢も見なかったわ。日々の調べで気が張り詰めていたからね、きっと――

黒い犬は自分について来いとでも言いたげに姫に後ろ姿を見せた。

まずは版木屋の中に入った。仕事場が片付けられていて祝言の席に変わっている。白無垢《しろむ》に綿帽子を被《かぶ》った花嫁と並んでいる紋付き羽織袴姿の花婿《はなむこ》は、眉《まゆ》の秀でた凛々《りり》しい顔立ちをしている。

お佳代の父親である、元は大津屋の手代で今は腕のいい版木職人の矢吉が犬に話しかけた。

〝遠いところをよく来てくれたねえ〟

〝娘の晴れ姿ですもの、何を置いても飛んでまいりますよ。あなたの跡を継ぐお婿さんも頼もしそうでお佳代は幸せですよ〟

――この犬が矢吉さんには亡くなった大津屋のお嬢さん、お紫乃さんに見えているのだわ――

〝綺麗《きれい》だろう？〟

〝ええ、とても。三国一ですよ〟

〝おまえの方がもっと綺麗だったがね〟

〝いやですよ、何をおっしゃるんです。でもあなた、今、おまえと呼んでくれましたね。うれしいわ〟

〝生きている頃は恐れ多くて、お嬢様をおまえなぞとはとても呼べなかった。お嬢様は深い心の傷を抱えておられたし――〟

〝それであたしが死ぬまでとうとう指一本触れてくれなかったんですね。あたしはあのせいだとばかり。男の人は身体も心も真っさらな女が好きですもの――、忠義の心で身重のあたしの世話をしてくれているあなたを、ずっと有り難いとは思ってました。女としてなぞ見てくれてはいないのだとばかり――〟

〝違うよ、違う。版木屋を継がないで親父《おやじ》に楯突《たてつ》いて大津屋に奉公に上がったのも、通りで見かけたお嬢様に一目惚《ぼ》れしたからなんだ。俺が十二歳の時だった。あれ以来、お嬢様の顔が目に焼き付いて離れない。もうこれはたとえ俺だけの想いでも、そばにいて幸せを祈り、難儀なことが降りかかってきたら守ろうと決めたんだ。生涯ただ一人の女にしようと――〟

〝そんなにまであたしのことを想ってくれていたとは――〟

お紫乃の声が掠《かす》れかけた時、

〝そうですよ、その通りですよ〟

古着を床店で商っているおぎんが言葉を挟んだ。おぎんも元は大津屋の奉公人であった。おぎんの方は長く矢吉を想い続けてきている。

〝どれほど矢吉さんがお嬢様を想い続けてきたか、あたしがよーく知ってます。この目で見てきましたからね。あたしだってずーっと矢吉さんを想い続けてきたんだけど、洟《はな》も引っかけてもらえなかったんですからね〟

〝うちの近くまで来たんで、立ち寄ってくれたというおぎんさんにお佳代の花嫁衣装をいただいたんだよ〟

矢吉は困惑気味におぎんとの関わりをお紫乃に告げた。

〝それでお佳代の着ている白無垢の絹の質が素晴らしいのね。おぎんさんありがとう、心から礼を言います〟

〝お礼なんて。おぎんさんなんて呼ばずに、昔のようにきんと呼び捨ててください。その代わり、一つだけお願いがあるのですが――〟

おぎんの口調に苦渋が滲《にじ》んだ。

〝もちろん、何なりと〟

〝あの時お嬢様がお召しになっていらして、あたしにくだすった牡丹色の地に竹模様の振袖をそちらにお返ししたいのです。あれからのお嬢様のことを思い出すたびに、何やら苦

しくて、たまらなくて、近々に起きたあの決着も酷すぎて――〞

〝そうでしたね、そんなこともありましたね。心ないことでした、わかりました〞

そうお紫乃が言ったとたん、黒い犬がおぎんを苦しめてきた振袖を口に咥え、身を翻《ひるがえ》して闇の中に消えた。

そこで姫はうたた寝にしては長い夢から覚めた。

――前にあの黒い犬は古着屋宗右衛門さんの息子さんだけではなく、信二郎様や慶斉様にもなった。今の夢では亡きお紫乃さん。あの世とこの世との別なく、あの犬には人になり代わる技があるのだわ。もしかして、魔犬では？　だとしたら何か企《たくら》みがあってのことかもしれない。とはいえ、先ほどの夢で犬は自身をお紫乃さんに見せていて、お紫乃さんと関わっていた人たちとやりとりしつつ、相手に喜びと安らぎをもたらしていた。油断は禁物だけれど、敵か、味方か、皆目わからない犬だわ――

ゆめ姫は頭を抱えた。

するとほどなく廊下を忍び歩く音が近づいてきた。

障子がそっと開けられて、

「姫様、藤尾にございます。やっとお会いできました」

涙ぐんでいる藤尾は肩に柳行李《やなぎごうり》を背負って大きな重箱の包みを手にしていた。

「奉行所に連れて行かれたというのに、あまりお窶《やつ》れになっていないのがせめてもの救いでございます」

荷物を畳に置いた藤尾は座って恭しく頭を下げた後、姫の手に目を留めてすり寄った。ゆめ姫のお腹《なか》がぐうと鳴った。藤尾が大事そうに抱えてきた重箱の包みからは美味《おい》しそうな匂《にお》いが漂ってきている。釣られて藤尾の腹も鳴り、さすがに顔を赤らめたが、

「藤尾、とにもかくにもお互い空腹ではよい案は浮かばないものです。今はお腹を満たしましょう」

姫が微笑んで促した。

「そういたしましょう」

藤尾は柳行李の中から急須《きゅうす》と茶碗《ちゃわん》、塗りの取り皿と箸《はし》等を取りだして、

「どんな名刹《めいさつ》でも寺と名のつくところはとかく始末で、お茶一杯にしても出がらしで、姫様はさぞかしご不自由なさっているでしょうと浦路様がおっしゃり、わたくしに託されました。よかった、火は熾《おこ》せますね」

持参した炭で長火鉢に火を熾すと、素早く薬罐《やかん》を載せて香り高い宇治《うじ》の銘茶を淹《い》れた。

——牢では茶どころか水桶があっただけだから、出がらしでも上等なのだけれど——

「ああ、美味しいっ」

ゆめ姫は思わず歓声を上げた。

「まだまだございます」

藤尾は重箱三段の蓋《ふた》に手を掛けた。

「お重は大奥の御膳所《おぜんしょ》からいただいてきたものでございます。毒がまだ完全に抜けておら

れない浦路様は足元がふらつき、指図することができないからと、わたくしが代わりにお台所衆の手伝いをいたしました」

重箱の中身は海老《えび》のちらし鮨《ずし》と時季の上生菓子二種であった。

「まあ、どちらもわらわの大好物だわ」

目を瞠《みは》った姫は思わず涙ぐんだ。

――あのまま、牢に入っていて罪を着せられていたら、こんなご馳走《ちそう》を食べることはもう叶《かな》わなかったかもしれない――

「姫様、どうぞ」

藤尾が取り皿に海老のちらし鮨を取り分けた。大奥で作られるこの時季の格別なちらし鮨は旬の海老であった。ちらし鮨というと飯を主としているかのように聞こえるが、これに限っては、酢飯の上には分厚く海老おぼろが敷き詰められている。海老おぼろは海老に砂糖、塩、味醂を加えて作られていて、海老ならではの旨味《うまみ》が余すところなく堪能できる。

一方、この海老おぼろ酢飯の上に載せる、姿のある海老は、ぷりぷりした食味が損なわれないように丁寧に茹で上げ、大奥伝承の甘辛い詰めタレが塗られて仕上げられていた。

「こんなに食べ物が美味しいと感じたことは今までにないわ」

ゆめ姫は思わず洩らしてしまい、

「なさらなくてもいいご苦労をなさってしまったがゆえのお気持ちが察せられて――」

藤尾は言葉を途切らせつつも、やみくもに箸を動かした。姫の方はしばし箸を止めて、

「たしかに牢の食事は著しく粗末です。顔が映りそうな薄い粥《かゆ》が続いたこともありました。大の男たちでも罪人ともなれば、このような夕餉の日もあると洩れ聞き驚きました。罪人用に割り当てられている米が、なぜか、どこへともなく無くなってしまうこともあるというのです。これでは屈強な者たちでも、身体が弱って牢内で病に罹《かか》って亡くなってもおかしくありません。そして、たとえ罪人であっても、こうした扱いは世に怖《おそ》れられている責め詮議にも増して思わしくないと思いました。断固、無くなった米の行方《ゆくえ》は追及されるべきです。わらわは民の上に立つ将軍家の娘です。それゆえ捕らわれたことも、罪人の食べ物に親しんだのも、しなくてもいい苦労だとは思っていません。牢での食事があそこまで酷すぎる以上、罪人ばかりか、わらわだけではない罪無き者たちまで、このような仕打ちを受けるのは、理不尽の極みだと実感できたからです。罪無き者たちのいたずらな捕縛は避けるべきです」

毅然《きぜん》と言い切った。

七

「さすが将軍家の御血筋の姫様ですね。わたくしなど小伝馬町の牢と聞いただけでもう生きた心地がいたしません」

藤尾は感服しつつ、

「とはいえ、今は浦路様のお心づくしで一息ついていただきたいです」

重箱の二段目、三段目を横に並べた。

「まあ、なつかしい」

海老のちらし鮨同様、大奥ならではの時季の花である野バラと紫陽花《あじさい》を模した上生菓子が並んでいた。

ゆめ姫の父将軍の治世にはとにかく子どもが多く、子どもたちが大好きな甘いおやつの算段に若き日の側用人池本方忠は頭を悩ませ続けてきた。

いつも市中の菓子屋に頼んでいては内証が火の車とあって、相談を受けた浦路の知恵で、大奥女中の役目に菓子係を設け、日々の菓子を作らせることになってから久しかった。それでも大奥で消費される価格の高い砂糖の量は半端ではなかった。一説には父将軍が正室亡き後、京の姫御前《ひめごぜ》ではなく西の外様《とざま》の藩主の娘三津姫を御台所《みだいどころ》に迎えたのは、三津姫の実家《さと》は砂糖キビの生産で知られている、ほぼ常夏の島を支配していたがゆえだったとも言われている。

ともあれ、役目を任された菓子係は独学ながら、市中の京菓子店などに引けを取らないものをと一心に菓子作りに精進してきた。その甲斐あって、今では時季毎《ごと》の花を模した上生菓子を作り上げる。その味は上品で美味しいだけではなく、見た目からは、つんとおつに澄ました様子の洗練の極みの京菓子にはない、可愛《かわい》らしさと温かさが伝わってきた。

「まあ、楚々《そそ》とした白い野バラを模したお菓子とは珍しい。これはまるでゆめ姫のようなお菓子ですね」

相当量の砂糖を実家から運ばせてきている御台所の三津姫がこうした菓子を味わって、目を細めたことがあった。

――少なからず肩の凝るお相手の義母上様《ははうえ》までなつかしい気がしてきた――

野バラは父将軍が温室に蓮などと一緒に並べて育てている、大輪のバラの花とは異なる、古くからどこの野でも見受けられる、可憐《かれん》で小さな花姿のバラであった。

この菓子は煉《ね》り切《き》りと黄味あんで作られている。白餡《しろあん》と求肥《ぎゅうひ》で作る煉り切り少々を、抹茶で緑色に染めて葉の部分にとっておく。茹で卵の裏漉《うらご》しした黄身と白餡、白ざらめを粉にしたもの（グラニュー糖）、水で黄味あんを作り、ほんの少々を蕊《しべ》用に取り分ける。等分した煉り切りを手のひらにとって広げ、丸めた黄味あんを包み、丁寧に転がして丸めて口を閉じる。木匙《きさじ》で半円を描くように押して花びらの重なりを作る。花びらの先端部は竹串《たけぐし》で三角形を描き、その中ほどに黄味あんの蕊を飾る。抹茶で染めた煉り切りにも竹串を使って葉脈を描き、野バラの下に付けて仕上げる。

「黄味あんのせいで見かけよりもずしんと来ますね、そこが醍醐味《だいごみ》、まるで――」

〝姫様のように〟と言いかけて藤尾は言葉を呑《の》んだ。

紫陽花を模した方は上新粉（うるち米の粉）と餅粉《もちこ》、粒状の白ざらめ、水を用いてういろう地に蒸し上げて等分にする。白餡の一部を抹茶で緑、藍《あい》で青、露草で紫に染めて等分しておく。等分したういろうを手のひらに取って広げ、緑、青、紫に染めた白餡一片ずつを離して底に押し、その上に丸めた白餡を置いて、うっすらと緑、青、紫が白いういろうから透けて見えるように丸く整える。

「毎年、わらわはこの時季これをいただいているのだけれど、これほどさりげないのに美しさが深く、はかない様子のお菓子は他にないと思います。食べるのが勿体《もったい》ないほど——」

「お菊の方様は紫陽花もたいそうお好きだったと浦路様がおっしゃっておいででした」

——それで浦路は夏のお菓子はまだ他にもあるのに、このお菓子を作って届けてくれたのだわ——

姫は野バラに続いて、この紫陽花を口にした。するとこの世とあの世で遠ざけられてきた、自分と母お菊の方、各々の心が一瞬ふわりと融《と》け合ったような気がした。

「何だか元気が出てきたようだわ」

ゆめ姫の声は明るかった。

「よかった。お声だけではなしにお顔もいつもの姫様に戻られてます。これでやっと姫様が牢から付けてきていたものが無くなったような——。やはり、女子にとってお菓子の力って強いものですね」

藤尾は泣き笑いをしつつ、一つ、また一つと野バラと紫陽花を口に運んだ。

この時、廊下を踏んで近づいてくる足音が聞こえてきた。

「姫様、まさか、また——」

藤尾は怯《おび》えて菓子楊枝《ようじ》を手にしたまま固まったが、

「大丈夫、ここの御住職です」

姫は住職の足音を覚えていた。これも牢内で役人の足音に敏感になったがゆえの賜《たまもの》であった。

「失礼いたします」

「どうぞ」

ゆめ姫が応《こた》え、住職の幸信が障子を開けた。

「お客人がお見えです。殿方が池本信二郎様なら、取り次がずにお通しせよとの方忠様からの仰せでしたのですが、与力の秋月修太郎《しゅうたろう》様とおっしゃる方なので――」

――信二郎様がお見えだ――

ゆめ姫は知らずと胸が躍っていた。

理由あって将軍の御側用人の許《もと》から掠われ、掠った女を母親と呼んで育った信二郎は、現将軍の側用人の血筋だと真相を知っても、今は亡きその母を憎まず、育ての親の家を途絶えさせないために、かつての姓名秋月修太郎を名乗り続けていた。信二郎と呼ばれる例外は血縁とわかった池本家の家族や、事情を知っている姫たちの前だけであった。

――信二郎様らしいわ。わらわほどの隠し事ではないけれど、信二郎様にも身分に関わっての拘《こだわ》りがある、わらわたちには似ているところがある――

「すぐお通ししてください。いいえ、部屋の片付けがあるので、少し、少しだけお待ちいただいて」

「わかりました。本堂にてお待ちいただきます」

幸信が障子を閉めて遠ざかって行った。

「藤尾、これを何とかしないと」

ゆめ姫は畳の上の重箱や寺には不似合いに上等な煎茶《せんちゃ》用の茶道具にさっと目を走らせた。

「このお菓子、とても美味しいですよ。信二郎様にも是非召し上がっていただきましょうよ」

「駄目です、そんなことをしたらわらわに不審を持たれてしまうかもしれません」

姫は重箱に刻まれている葵《あおい》の紋にも目を据えた。

「でも、信二郎様は御側用人様の池本様のご子息でしょう？　もうそろそろ、姫様のご身分がわかってもいい頃なのでは？」

――たしかに真《まこと》の下手人を探す仲間の中で、信二郎様だけがわらわの素性を知らないのだけれど――

「やっぱり、駄目です。わらわの身分のことはたとえ信二郎様でも知らない方がよいのです」

言い切ったゆめ姫は重箱を重ねて包み直し、散らばっていた煎茶道具を柳行李に入れて、押し入れに片付けた後、

「早く、早く、口の中のものを飲み込んでしまって」

藤尾を急《せ》かしながら障子を開け放った。

――これで何とか、食べ物の匂いも消せる――

しばらくして、藤尾が本堂へ信二郎を迎えに出向いて、姫は番屋で別れて以来の再会を果たした。

「ご無事で何よりでした」

信二郎はほっとした面持ちで懐から金鍔《きんつば》を出した。

「それがしならきっとこれが何より恋しいと思いまして。たしかあなたもお好きだったと――」

「何よりでございます」

ゆめ姫は金鍔を押しいただいた。

金鍔は庶民の菓子である。箔《はく》のように薄く伸ばした小麦生地で餡を包み、刀の鍔のように丸く成型したものをごま油で香ばしく焼いて作られる。

――よかった、大奥の海老ちらし鮨や花菓子など勧めなくて――

「わたくしは庫裏《くり》からお茶をいただいてまいりました」

藤尾は粗末な丸い盆の上に湯呑《ゆの》みを三つ並べてにやりと笑った。

――そういうことなんですね――

――とにかく信二郎様が気を悪くなさいますからね――

――まあ、そういうことにしておきましょう――

「いただきます」

姫は金鍔を頬張った。信二郎が自分の為《ため》にもとめてきてくれたかと思うと、その美味しさは格別であった。

――これは夢治療をしていた頃の味だわ。このままあの夢治療処に戻れたらどんなにいいか――

ゆめ姫は夢中で三つほど平らげた。

八

信二郎が持参してきた金鍔を食べている最中、なぜかお蓮の行状が見えた。何軒もの呉服屋を梯子《はしご》して、ありとあらゆる高額な着物を並べさせ、〝お綺麗なお嬢様はどれもお似合いですなあ〟と何度もため息をついて見せる、店主たちのにこにこ顔に見守られて、あれもこれもと際限なく買い求めていくお蓮。

また、芝居小屋の持ち主に、〝いったい幾ら払えば一番人気の伊達《だて》役者松島橘六《まつしまきつろく》の新作をあたし一人で見ることができるのよ？　言い値でいいから〟と詰め寄り、広い芝居小屋で橘六の舞台に見入るお蓮。極めつけはその橘六と出合茶屋《であいぢゃや》に居続け、〝いいから、いいから、美味しいと評判の店のものをどんどんここへ運んで。ここをあたしの橘六と一緒にこの世の食べ物極楽にするつもりなんだから〟と二人して布団の中から、女中に命じるお蓮。

――たしかにお蓮さんにはお金遊びが一番。自分で言っていた通り、両親《ふたおや》の死なんてたいして悲しくもないことはよくよくわかったけど、こんな遊びも命あってのこと、大丈夫なのかしら？――

姫は気にかかり、

「お蓮さんはお変わりありませんか？」

珍しく金鍔に手を付けていない信二郎に訊いた。

――信二郎様はお茶も飲まれていない。どうしたのだろう？　お顔の色も心なしか優れないし。わらわは会えた喜びでつい見逃してしまっていたけど、信二郎様は何かよほどのことで悩まれているご様子。それはたぶん――

ゆめ姫は信二郎の応えを聞くのが怖かった。

「実はお蓮は八ツ時（午後二時頃）過ぎに釜屋の土蔵の中で亡くなったのです」

信二郎は目を伏せた。

「やはり――」

思わずその言葉が出ると、

「やはりなのですね」

顔を上げた信二郎に姫は見据えられた。その視線は一瞬刃《やいば》のように鋭かった。

――これはきっと罪人を追及する時の目だわ――

「どういうことなのでしょう？」

ゆめ姫の全身に緊張が走った。

「それがしはお蓮の身が気になって、あれから始終、大胆に遊びまくるお蓮の後を尾行《つけ》ていました。釜屋に帰ってからも見張っていたのです。ところが今日は朝からお蓮は機嫌が悪く、常のように外へは出なかったのです」

信二郎は思い詰めた様子で切り出した。

姫が目を閉じると座敷の昼餉の膳を前に、余吉相手に癇癪《かんしゃく》を起こしているお蓮の様子が見えた。

〝いろいろ遊んでみたけど、やっぱり凄く面白そうなのは博打《ばくち》よ。博打。早く、お金出して。幾つもあるんでしょ、蔵に千両箱が――〟

〝お嬢様ほどお金を使いまくっていれば、いい鴨《かも》を見つけたとばかりに、博打にも誘われるでしょうが、博打だけは駄目です。あんなものに嵌《は》まってしまうと釜屋の身代そっくりたちまちなくなってしまいますよ。奉公人たちは路頭に迷い、お嬢様だって物乞いになってしまいかねません〟

〝相変わらずつまんないこと言う男ね、あんた。両親が死んで今はあたしが跡継ぎなんだから、好きなようにするの。ゆめとかいうおかしな生業《なりわい》の女がおっかさんを殺した罪で捕まったんだから、千両箱は全部あたしのもの。だから、この目で見ておきたい。余吉、あんたがこれ以上、あたしにつべこべ言うようだったら暇《いとま》を出すからね。大番頭の代わりなんていくらでもいるんだから〟

〝かしこまりました〟

渋々余吉は土蔵の錠前を開ける鍵《かぎ》を手にして立ち上がった。

「お蓮さんは土蔵へは行ったのですね」

姫が念を押して先を促すと、

「ゆめ殿には土蔵の中の御自分のことは見えていないのですか？」

信二郎の目がきらりと光った。

「土蔵の中のわたくし？　いったいどういうことですか？」

「ならばお話しいたしましょう。それがしはお蓮が余吉とやりあっている座敷の縁先にある茂みの中に隠れておりました。二人が土蔵へ行くと、悟られぬよう気をつけてそれがしも移りました。折良く、土蔵の前には大きな銀杏《いちょう》の木があり、その木の陰から見張ることができました」

そこであえて信二郎は言葉を切ると、

「その先が見えませんか？」

見えるはずだという確信に満ちた問いであった。

姫は目を閉じてみた。

「いいえ、何も――」

「真実《まこと》ですか？」

「ええ」

「それではさらにここからのことを話します。お蓮と余吉が入っていった土蔵から炎のように赤い着物を着た女が飛び出してきて勝手口の方へと走っていきました。何とあなたでした。それがしは必死で追いかけましたが、米屋の大八車に遮られてとうとう見失ってしまったのです。その後、土蔵に入ってみると、余吉が頭を殴られて倒れていて、お蓮が母親の時同様に帯紐で絞め殺されていたのです」

「土蔵から出てきたわたくしの顔を見ましたか？」

「その時のあなたは邪悪な笑いを浮かべていて、こうしてそれがしの目の前にいる、ゆめ殿とはまるで別人の形相でしたが、目鼻口はあなたそのものでした。命を取り留めた余吉も、やはり間違いなくあなただったと言っています。だとするとみずえ、お蓮を殺した下手人はもうあなたの他にいないということになります」

言い切った信二郎は苦しげなため息をついた。

「お待ちください、八ツ時といえばゆめ先生はここでわたくしと一緒でした。お蓮さんを手にかけることなどできはしないのです」

藤尾は声を張ったが、

「前回の時も同様なおっしゃりようでしたが、藤尾殿の忠義心ゆえの虚と見做《みな》されました。今回も同じです。これだけ広い寺ですとこの部屋から誰にも気づかれずに外へ出て、近くはないがそう遠くはない、釜屋の土蔵でお蓮さんを待ち伏せることは、できない業ではないのです。父上があなたをここへ送り届けて、この部屋に落ち着いて後、誰もあなたの姿を見ていないのも不利でした。ああ、これではあなたがみずえ母子《おやこ》を殺したという証《あかし》ばかりだ。何とかしてその逆の証が欲しい」

信二郎はしばし頭を抱えて悲嘆に暮れた後、

「でも、こうしてあなたに会うことができてよかった。ここに居るあなたはそれがしが追いかけたあなたではないような気がしてきたからです。これはもう理屈ではありません。あなたを信じて、それがしはあなたの身の証を何としても立てて見せます」

悲壮な覚悟を示すと、

「金鍔好きのあなたを信じます」

むしゃむしゃと自棄食《やけ》いした。

そんな信二郎が部屋から出て行くと、

「それでも金鍔は残りましたね」

藤尾は金鍔を頬張った。

「こういう時は甘いものや美味しいものに限ります」

ゆめ姫は金鍔に手を伸ばしただけではなく、押し入れに隠した重箱の大奥花菓子をまた畳に並べた。

「姫様の切ないお気持ち、この藤尾、痛いほどわかります。大事なお方から人殺しだと思われているなんて――」

藤尾はまるで自分が姫にでもなったかのように涙声になった。

「今度は余吉さんたちだけではなく、自分の目で見てしまったのですから、そのように思われるのも致し方のないことです」

ゆめ姫は決して泣くまいと決めていた。

「それにしても、少しの時の差が口惜《くや》しいわ。わらわがここへ移っておらず、小伝馬町の牢にさえ居れば、信二郎様をあそこまで苦しませることもなかったのに――」

「牢などに女が捕らわれていればあの先、どんなことが起きていたか、わかったものではありません。これでよかったのです」

藤尾は言い切った。

「実はわらわもお蓮さんが案じられて、明日あたりから、お蓮さんや釜屋を見守っていたいと思っていたのです。でもつい、牢暮らしの疲れが出てうとうとしてしまい、わらわでないわらわに先を越されてしまったわ。わらわとわらわでないわらわが出遭っていれば、信二郎様もあのようにお悩みにはならなかったでしょうから」

「でも、どうしてよりによって姫様が陥れられるのでしょう? これは浦路様がお洩らしになっておいでだったご懸念です。〝敵は姫様の素性を熟知している者かもしれない、そうなるとこれは天一坊《てんいちぼう》以来の天下を揺るがす恐ろしい大罪――〟と」

藤尾はやや怯えた目で口に運びかけていた菓子の菓子楊枝使いを止めた。

ちなみに天一坊とは山伏《やまぶし》の天一坊改行《かいぎょう》のことで、ようは次期将軍職狙《ねら》いの大騙《おおかた》りであった。八代将軍吉宗の頃、天一坊改行は将軍の御落胤《ごらくいん》と称して大名等の高い役職に就けることを約束しつつ、浪人たちを集め、勢力を持ちはじめた。壮健な吉宗には知られていない庶子がいてもおかしくなかったので、幕府は慎重な調べを尽くしたが、結果、全ては真っ赤な嘘と断じられ、天一坊は死罪の上獄門、集まっていた浪人たちも遠島や江戸払いとなった。

九

この日、夜更けて御高祖頭巾《おこそずきん》を被った浦路が寺を訪れた。御高祖頭巾を取った顔は青ざめきっている。

「そなたならではの美味しい心づくしをありがとう。事の次第はじいや藤尾から聞いています。身体の方はもう、よいのですか？」

姫は深く浦路を案じている。

「責めを負って死ねなかったのは不覚の至りでございますが、上様の生きて尽くせとの有り難い思し召しもあり、この浦路、生まれ変わったつもりで、今回、姫様のお力にならせていただきたいと思っております。何より姫様が市中にて陥られている事態が、上様の一大事のようにも思われておりますし」

浦路は極力感情を抑えている。

「そなたはこの一件を天一坊に例えているのだそうですね」

ゆめ姫は首を傾げて、

「もとよりわらわは女子。将軍職は如何《いか》なることがあっても男子《おのこ》の継承です。将軍の落とし胤《だね》と偽った天一坊のようなことはできるわけもないではないの――」

「姫様のお父上様の次は兄上様が将軍職を継がれると決まっております。ここまでは盤石なのですが、兄上様のお子様方の中で、男子は幼くまたご病弱で知られています。それで姫様の許婚《いいなずけ》であり、頭脳明晰《めいせき》、何より息災な慶斉様が将軍職に就くことを望まれる声が多いのです。ですが、将軍家の正室は京の姫様か、力のある大名家からで、将軍家の娘が婿を迎えて将軍にするというのは前例のないことです。けれども、姫様に同じ血を引く妹君がおられて、男の子を生んでいたとしたらいかがなりましょう?」

浦路の青い顔は目だけに力が込められている。

「わらわに妹などおりませんよ。ああ、でも、父上様が生母上様《ははうえ》亡き後、寂しさに耐えきれず、どこぞで生母上様の面影を宿す女を見初めて、短い恋のお相手にしたということならあり得ますね。それで出来た子ならわらわに似ていてもおかしくはないでしょう。だとしたら、どうしてその妹は今まで名乗り出なかったのかしら? 父上様と血のつながりがあるのだから騙りや天一坊ではないのだし――」

「実は――」

浦路はしばらく言い淀《よど》んでいたが、

「姫様には正真正銘の妹君がおいででした」

「まさか、わらわは双子?」

これほどの驚愕《きょうがく》を味わったことなど姫はなかった。

「姫様は姉君様でいらっしゃったのです」

「妹は、妹はどこへ？」

ゆめ姫の声が掠れた。身分とも金のあるなしとも関わりなく、双子は犬腹とも称されていて忌まれ、引き離されて育てられるものであった。

「大奥に出入りの商人《あきんど》に預けたきりです。どこでどうなさっているかはわかりません」

「何という商人だったの？」

「裕福な廻船《かいせん》問屋の田鶴《たず》屋です。しかし、ずいぶん前に次々に持ち船が難破してしまい、一家離散の憂き目にあっています。わたくしは今回のことでもしやと思い、側用人の池本殿に頼んで、預けた妹君の行方を知る手掛かりを見つけようとしましたが徒労に終わりました。雲をつかむような話でした」

「妹の名は？」

「名は付けずに引き離すのが習いです」

「それで浦路はその妹が何をしようとしているというの？」

「妹君が今、どこでどんな暮らしをしているかはわかりかねますが、自分の出自を知り得たのではないかと思います。上様にとって、妹君は姫様同様、愛《いと》おしいお菊の方の忘れ形見です。そして、しきたりゆえとはいえ、姫様と一緒に育てられなかったことへの呵責はおありになるはず。そんな妹君は女子で将軍になれずとも、子を生《な》しているやもしれません。その子は上様にとっては孫、頼もしい男子なら、次の次の将軍になられてもおかしくはないのです。天一坊の黒幕は山伏たちでしたが、こちらの方は妹君を唆《そそのか》して姫様のふりをさせているのが誰なのか、皆目見当がつきません。騙りにすぎなかった天一坊よりも、もっと厄介な事態を引き起こしかねません」

浦路は緊迫感を漂わせながら語り終えた。

――双子の妹が居たというのは痛いほどの驚きだったけれど――

姫が何とか平静を取り戻していると、突然黒い犬が目の前を遮った。

――あれ――

犬が口に咥えているのはゆめ姫が市中ではこれと決めてもとめている、小間物屋中田屋《なかたや》の帯締め二本、墨色と朱色であった。帯の絵柄に合わせて選ぶものなので、姫は朱、萌黄《もえぎ》、墨色、黄色、藍、紫、白の無地だけではなく、ぼかし等に織りを工夫してあるものまでさまざまな色の帯締めを揃えていた。

――みずえさんを殺したわらわではないわらわは喪服のはずだから帯締めは黒、信二郎様が土蔵から出てくるのを見かけたというわらわは、赤い着物を着ていたというから、帯は墨色や藍で帯締めが朱ということもある――

黒い犬が消えて、見えている世界が元に戻ると、

「浦路の話には一つ、どうしても納得がいかないところがあります。妹と黒幕が関わっていたとして、どうしてよりによって、釜屋のお内儀と娘を、わらわの仕業と見せかけて、妹に殺させせなければならなかったのかしら？　わらわはやはりこれはもっとわかりやすい、

釜屋の身代を狙った者が犯した罪だと思います」

姫はきっぱりとした物言いをした。

「でも、釜屋の主一家が死に絶えて得をするのは姫様だけなのですよ」

藤尾が口を挟んだ。

「真の下手人の目的は、誰が得をするかという餌でお役人たちを煙に巻いて、罪を夢治療処のわらわに着せ、最後は自分一人が巨万の富を得て笑うためだったのだわ」

「ならば、どうして、姫様なのです？　どうして姫様でなければならなかったのか、姫様のお話、わたくしには得心が行きません」

浦路はどこかで生きている姫の双子の妹と、操る黒幕の存在をまだ確信していた。

「明後日《あさって》には全てを白日の下に曝《さら》してみせます。浦路には真っ先に文で報せて安堵して貰います。今は早く大奥へ戻って養生なさい」

常にないゆめ姫の強い言葉に、

「わかりました。姫様、お身体だけではなく、お心も頼もしくなられましたね」

浦路は満足そうな面持ちで大奥へと帰って行った。

「姫様、あのような大見得を切られて大丈夫なのですか？」

藤尾は不安そうだったが、

「何も案じることはありません」

姫は言い切って、この日は眠りに就いた。明け方ほんの一瞬、また黒い犬の夢を見た。

芝居小屋に女形の歌舞伎《かぶき》役者が立っている。手にしていた墨色と朱色二本の帯締めを観客の方へ向けてかざし、結んである帯の後ろから前に通してひょいと結んだ。

わいわいと女たちの嬌声が聞こえて来て、先ほどの歌舞伎役者が往来を歩いている。黒い犬は口に咥えた墨色と朱色の帯締めをそれぞれ女たちに渡している。女たちのうちの二人が墨色または朱色の帯締めをひょい、ひょいと帯に結び終えると歌舞伎役者を追いかけはじめた。この時、黒い犬がわんと一声鳴いた。

「面白い夢を見たわ」

藤尾に告げると、

「黒い犬のことはさて置くとして、それはきっと帯締め事始めの夢です。亡くなった祖母に聞いた話ですけど、今みたいな帯締めが欠かせなくなったのは、人気のあった歌舞伎役者がやって見せて、それが女たちに大流行《おおはやり》したからだそうですから」

応えが返ってきて、

――黒い犬の様子と考え合わせるとこれはもう間違いないわ。黒い犬はわらわの考えが間違っていないと念を押してくれたのね。帯締めが肝心――

「さあ、小間物屋の中田屋まで出かけるわよ」

ゆめ姫は相手を促した。

「何かご不自由なものでもおありなのでしたら、わたくしがもとめてまいりますが――。外は危のうございます。行く手に何が仕掛けられているか――」

浦路の懸念にほぼ同調している藤尾は不安そうだったが、

「それを言うならここにいたって、また新しい罪を着せられかけたじゃないの。それとわらわはこれから買い物に行くのではありません。真相を白日に曝すために、どうしても確かめておきたいことがあるのです。まずはここを乗り越えなければ次には進めません。どうか、藤尾も力になってください、お願いです」

姫は明るい口調で懇願すると、開けた簞笥《たんす》の引き出しから墨色と朱色の帯締め二本を手にして、すとんと両袖に入れた。

「もちろんです。わたくしの力などたかが知れておりますが、この藤尾、何があっても姫様をお守りいたします、この通り」

藤尾は薙刀《なぎなた》をふるう格好をして見せた。

十

京橋《きょうばし》にある中田屋は老舗であった。小間物屋の多くは帯揚げや帯締め等着物に欠かせない小物のほかに、櫛《くし》や巾着袋《きんちゃくぶくろ》、匂い袋、脂取り紙等まで売る、いわゆる女のお洒落《しゃれ》道具が一通り売られているのが普通なのだが、

「以前、中田屋には指物師《さしものし》たちが大勢いたのですよ、変わりましたね」

初めてゆめ姫を案内した当時、藤尾はへえーえと驚いたものであった。

代々中田屋は何人かの名人と称される指物師を抱えていて、文箱《ふばこ》や姫鏡台等の高価な一

点物ばかりを並べていたのである。もちろん大奥や大名家の出入り商人であった。

「中田屋さんの親戚の方？　たしか前のご主人御夫婦にはお子さんがいなかったように思いますけれど」

藤尾が三十歳ほどの主らしき男に問い掛けると、

「まあ、そんなものでございますよ」

小太りの小男がふわふわと笑って、

「年齢《とし》を取っていた先代夫婦は流行風邪《はやりかぜ》であっさりと亡くなりまして。跡を継ぐ羽目になったのですが、老舗にお定まりの赤字とわかって、中田屋の名はそのままに商いの中身を変えました。ありふれた小間物屋になりましたが、店を立てなおすことはできました。凝ってよい品も揃えております。どうか変わらぬお引き立てを」

代変わりした自分の店について無駄なく宣伝した。

その主、柳吉《りゆうきち》は今日二人が店に入ったとたん、

「おや、まあ、夢治療処のゆめ先生とお藤さん――」

驚いて走り寄ってきた。

「理由《わけ》あって酷い目に遭いましたけれど、今はここへ立ち寄れるようになりました」

ゆめ姫はさらりと言い放って相手に笑顔を向けた。

「それはそれは」

柳吉は意味もなくそわそわと揉《も》み手《で》をした。

「どうしても気になることがあって寄ったのですよ」

姫は並んでいる帯締めの方を凝視して、

「おや、前にはあったはずの墨色と朱色がなくなってますね」

「墨色と朱色なら二本とも前にお持ちになっています」

柳吉は苦い表情になった。

「どうやら、どこかで失《な》くしてしまったみたいなのです。おかしいですね、帯締めを落としてしまうなんて――」

「それはゆめ先生、おっしゃるだけ野暮ってもんです。女の方がよりによって帯締めをなくされるところときたら――、男のあたしからは言えませんがねえ、でしょう？　お心当たりがあるはずですよ」

柳吉はやっとの思いでにやにや顔を作っている。

「ところがまるでないのですよ。それで番屋に呼ばれて、小伝馬町へ移されて、やっと一時お解き放ちになったんです。初めてでしたね、そんなこと。それもこれもここの帯締めが禍《わざわい》してたんです。ここでもとめたわたくしの帯締めで人が殺されたものですから――。禍はどこから降ってくるか、わかったものではないとつくづく思いました」

ゆめ姫は微笑み続けている。

「そんなご災難に遭われていたとは知らず――」

柳吉は姫の顔から視線を逸らした。

「それでね、お役人様方はわたしの身を一時、自由にしてくださって、真の下手人に関わる証を探し当てる猶予をくださったんです。それでこうしてまいりました。いただいた墨色と朱色二本の帯締めはここだけの品と聞いていました。となると、わたしに似た真の下手人もここへもとめに来ているはずです。店からなくなっている帯締めはその者に売ったのでしょう？　どうかその時のことを話してください」

「わかりました」

柳吉は顔を上げて、

「かなり込み入った話になりますので、お上がりになっていただいてお話しいたします」

挑むかのようなぎらついた目を向けてきた。

二人は客間に通された。

「殺風景ですねえ。昔、姉の為に、母とわたくしは文箱を注文にここを訪れたことがあります。その時通されたのもこの客間でした。主が先代だったあの頃は大名家が手放した太《たい》閤《こう》様の茶道具や、円山応挙《まるやまおうきょ》の虎《とら》の大屏風《びょうぶ》なんかがあって、まるで代々の骨董《こっとう》商みたいでしたのにね。みんな借金の穴埋めに売り払ってしまったんでしょうね」

藤尾は嘆息した。

茶が運ばれてきた。宇治茶の芳しい香りが立ち上っている。

すぐに茶碗をとりあげようとした藤尾に、

「師に先んじるのは許しませんよ」

姫は厳しい顔で叱責《しっせき》して、

「まずはわたくしから――」

茶を啜《すす》ると見せかけて、片袖の中へとこぼした。

――姫様、これは――

あわてて藤尾も同様に茶を始末した。

二人が飲んだと見誤った柳吉は、

「それでは嘘偽りのない真実をお話しいたしましょう」

満面の笑みを浮かべて話し始めた。

「世の中には自分に似た者が三人はいる、いやもっといると言われております。ゆめ先生、先生にもよく似た女がいました。物乞いでしたがね。わたしはその女が残飯を目当てに、うちの勝手口に立った時、はっと思わず息を飲みました。お藤さんを連れて帯締めをもとめにおいでになった先生にそっくりだったからです。物乞いにもこれほど見目形のいい女がいるのかと感じ入り、それからは残飯に魚を混ぜるなどして、その物乞い女を懐かせました。これほどの器量の女なら人並みに磨きさえすれば、何かの役に立つかもしれない、そう思ったのです」

――姫様、そろそろ――

藤尾がぐらりと身体を傾かせて畳に倒れた。

「おやおや。そろそろ眠くなってくる頃ではありますけれどね」

柳吉はからからと笑った。

——そうですね——

ゆめ姫は、

「どうしたのです、お藤？　だらしがない——ああ、でも、わたくしも目の前が暗くなってきて、ああ——」

呟きつつ倣って畳に突っ伏した。

「もう、いいぞ」

柳吉は隣りの部屋へ声を張った。

「ちょいと待ちくたびれたかな」

障子が開けられ余吉が顔を覗かせて、

「それにしても驚かせてくれたぜ。この女がここにいるとは——。千両箱のために釜屋のお内儀みずえを殺したのはこの女で打ち首、残ったお蓮はこの女の幽霊に殺されたように見えたが、そいつは殴られて怖い目に遭わされた俺の悪い夢で、実は新手の押し込みの仕業だってぇことにする手はずだったんだけどな」

倒れている女二人をちらと見てちろりと赤い舌を出した。

「もう一人はそれほどでもねえが、こいつはいい女で、あっさり首を打たせちまうのは勿体ねえ代物なんだよ」

柳吉はぎらついた目を姫に向けた。

「じゃあ、こいつは代わる代わるってことで――あの物乞い女みてえにさ」

余吉は目を細めた。

「そうだな」

柳吉は頷いた。

「もう一人だって、見た目は劣るが結構味はいいかもしんねえ」

余吉は垂れかけた涎《よだれ》を手の甲で拭《ぬぐ》った。

「あんたも好きだねえ」

柳吉は呆れた物言いをしたが、

「おまえだってそうだろ」

余吉に返された。

「俺たち、俺が米屋の小僧で、あんたが大八車を押して取りに来てた頃からの仲だもんな。兄弟みてえなもんさ」

柳吉は少々声を湿らせたが、

「もう一踏ん張りだ。そのためにはここはいい思いをした上できっちり片付ける、あの物乞い女の時と同じだ、やろう。初物食いはおまえに譲ってやるからな」

余吉は倒れている藤尾を手荒く仰向け、馬乗りになると、襟を掴んでぐいと胸元を広げた。

――姫様、わ、わたくし――

――じっとしてて、騒げば間違いなくすぐ殺されるのですから――

「それじゃ」

ゆめ姫の肩に手をかけ仰向けにした柳吉は姫の顔に荒い息を吹きかけ、

「ほんと、いい女だな。殺しちまうのが惜しいくらいだ。優しくしてやるから、来世でまた会おうな」

呟くように話しかけ始めた。

「つまんねえこと言ってねえで、早くやっちまえ」

余吉に怒鳴られた柳吉は、

「好きだ、好きだ」

齧《かじ》り付くように姫の上に飛び乗った。

――軽い――

「藤尾っ」

咄嗟《とっさ》に叫んで姫は相手を押しのけ、股間《こかん》を突き飛ばして立ち上がった。

藤尾の方も力任せに余吉の両手を捕らえると、同様に急所を蹴《け》り飛ばした。二人はおおっと悲鳴を上げて屈み込んだが、

「舐《な》めた真似《まね》しやがって」

「容赦しねえぞ」

よろめきながらも匕首《あいくち》を手にして迫ってきた。

十一

匕首の煌《きら》めきがゆめ姫と藤尾を客間の隅まで後ずさりさせた。

――姫様、もう――

――弱気になっては駄目――

叱《しか》りはしたものの、姫の心の中は追いつめられて真っ白になっている。このままでは匕首で嬲り殺される以外、何の手立てもないのだ。

その時であった。

あの黒い大きな犬が現れて匕首を持つ男たちと二人の間を疾風のように横切った。

「お、俺は犬が嫌《き》れえなんだ、がきの頃嚙まれて死にかけた」

黒い犬は横切ったかのように見えたが、黒い大きな影のようにその場にまだ居座っていた。

「何、言ってんだ、たかが犬じゃないかよ、ぶっ殺せ」

「そんなこと言ったたって、うわあ――」

柳吉がぽろりと匕首を落とした。素早く藤尾が拾おうと屈み込むと、

「そうはさせねえぜ」

余吉は畳の上の匕首を蹴って遠くへと滑らせた。

瞬時、黒い犬が目にも止まらぬ速さで動いた。余吉に向かって飛びかかって押し倒した

のである。

柳吉は言葉もなく恐ろしさの余り立ち尽くしている。

畳に放《ほう》り出されている匕首二振りは藤尾と姫が飛びつくようにして拾った。

――ああ、でも、相手は力がある。奪い返されないためには、相手に先んじて刺すしかない。でも、そのようなことがわらわたちに出来るかしら？――

――姫様、それはかりは――

二人の匕首を持つ手が震えた。

「こん畜生」

「この野郎」

男たちは再び迫った。

すると躊躇している二人の前を黒い影が遮った。影と見えたのはやはりあの犬で、犬は守るかのように立ち塞《ふさ》がっている。

そして、

「もう、逃げられんぞ、神妙にしろ」

縁側から聞き覚えのある声がした。

「信二郎様」

ゆめ姫は声を振り絞った。

障子が開けられると信二郎が町方の何人かを率いて立っていた。

こうして余吉と柳吉は縛に就いた。気がついてみるともう黒い犬の姿はどこにもない。

「遅くなって申しわけございません」

信二郎は姫と藤尾に向けて深々と頭を垂れた後、真相に行き着いた次第を話しはじめた。

「そもそもはそれがしの過ちでした。ゆめ殿が釜屋のお内儀が殺された場に居たという、余吉とお蓮の言い分を信じ、殺しに使われたという帯締めがゆめ殿のものに間違いないと思い込んでしまったのです。ゆめ殿とわたしは一緒にお役目を果たしている間柄ですので、なるべく贔屓目《ひいきめ》な調べはするまいと自制していたのです。殺しの証となった帯締めの調べも他の者に任せていました。墨色と朱色の帯締めについては、中田屋はたしかにゆめ先生に売ったものだと言い張り、それゆえ、今は品切れになっているのだとその様子を見せるので、それが確たる証になってしまっていました。あの時、あなたに〝あなたが下手人でないならば、以前にもとめたという墨色と朱色の帯締め二本を見せてください〟とそれがしは言うべきだったのです。言えなかったのは、もし、もうなくなってしまっていたらという恐れゆえでした。実のところ、今回わたしは少しも贔屓目ではない調べに徹してなどいなかったのです。痛恨の極みです」

そこで信二郎はまた頭を下げた。

「お蓮が殺された時、それがしはたしかに土蔵から出てきたあなたを下手人だと思いました。下手人以外の何者でもない、けれども、断じて下手人であってほしくないという贔屓そのもののどうしようもない感情に襲われた時、あることが見えてきたのです。あなたが赤い着物を着ているのを見たことがないという事実を思い出しました。そして、あなたが炎のように赤い目立つ色をあえて着て、人を殺《あや》めることなどあるだろうかと考えると、あなたがやっていないと言い続けている以上、お面でも被って顔を隠してでもいない限り、あり得ないことなのです。それがしは直ちに中田屋柳吉を調べ、高級な指物を扱っていた中田屋の親戚筋が先代夫婦の死に不審を抱いていたことを知りました。そしてこの柳吉と余吉がともに小僧の頃、知り合っていたこともわかったのです。二人が組めばあなたを陥れることができるとも——。釜屋の土蔵から出てきた女を、それがしが追いかけるのを邪魔した大八車を曳いていたのは柳吉だったはずです」

信二郎は一度言葉を切ってから、

「そして何よりの悪事の証は殺しに使われた二本の帯締めに付いていたごく微量の蠟でした。釜屋のお内儀と娘を殺したのは余吉で、余吉は客の気を引くために、実に勤勉に絵蠟燭の並べ替えをしていたことが、奉公人に訊いてわかりました。しかし、これとて、もっと早くそれがしが帯締めを調べてさえいれば——ゆめ殿、あなたを小伝馬町送りにすることもなかったのです。申し訳ありません」

さらにまた頭を深く深く垂れた。

これを聞いた姫は、信二郎の胸中を思いやって、左右の袂《たもと》に持参した、潔白の証である帯締めをあえて差し出さなかった。

一方、打ち首、獄門を覚悟した余吉と柳吉は、

「責め詮議だけはご免だよ」

「この上、生き地獄を味わわされるのはたまんねえ」

悪事の一部始終をあっさりと白状した。

「中田屋の先代はよ、これじゃあ、せっかく代々受け継いできた商いも、お釈迦になっちまうんじゃねえかっていうほどのお人好《ひとよ》しだった。どこの馬の骨かわからねえ俺のことを倅扱いしてくれた。自分たちが死んだら身代を俺に譲るという一筆も書いてくれた。でも、自然に死ぬのを待たずに眠り薬で死んでもらったよ。商いに精を出した御先祖たちの身代を暢気《のんき》に食いつぶしてるせいで、金子はもとより、骨董なんかも減る一方だったからね。これじゃ、俺が継ぐ前に中田屋が潰れちまう。それじゃ、わりが合わねえもんな。今はお上の調べがうるさいんで、とうとう俺たちもこうなっちまったが、昔はこういうの、武家も商家もみーんなやってたんじゃないかね。下克上《げこくじょう》って、ようは主殺しだろ。ようは俺はてっとり早く、確実に一国一城の主になりたかっただけさ、余吉の手伝いをして足がついたがそれも後悔はしていない」

柳吉は淡々と話した。

余吉の方は、

「とにかく、主の剛右衛門は嫌な奴だった。どんなに忠義を励んでも報いはないのさ。そんな奴と夫婦になるくらいだから、元芸妓だったお内儀のみずえも娘のお蓮も似た者同士で金の亡者だった。だから、俺は端《はな》っから剛右衛門が俺に何か遺してくれるだろうなんて思っちゃいなかったさ。ちょいとこれは考えてみようと思い立ったのは、倒れて先がないことを悟った剛右衛門が、〃わしは今まで自分が死ぬなんてことは思ったこともなかったが、どうやら近々にお迎えがくるようだ。そうなってみると、今、臥しているわしの前では、一応は案じているように見える女房のみずえや血を分けた娘のお蓮が、本当のところ、どれだけわしの死を悼んでくれるのか、知りたくてならなくなった。心底悼んでくれないのなら、わしが死んだ後は店を畳んで、資金難で進みの悪い市中の橋や堤防の改修、どこぞの施療院にでも役立ててやるつもりだ〃と俺に打ち明けてきたからだ。聞いた俺は、米屋に屑米を貰いに行っていた時からずっと、互いの貧乏をわかちあってきたかのような弟分、柳吉が話していたことを思い出した。何でも、夢見で患者の急場を救う夢治療とかがあって、そこの女先生に懸想気味なもんだから、そっくりな物乞いの女をたまさか見つけ、囲い者同然にしていると言っていた。これだと俺は思った。主に治療を勧めるとすぐにも来て貰いたいと言った。ここから俺の一世一代の大芝居が始まったのよ」

まるで噺家《はなしか》にでもなったかのような名調子で先を続けた。

「ゆめとかいうその女には悪いが下手人になってもらうことにした。これには俺と柳吉だけではなく、お蓮にも一役かってもらうことにした。お蓮と俺はもうとっくに出来ていたんだ。お蓮は両親を嫌ってた。両親が死ねば釜屋の身代はそっくり自分のものになるのにと、口癖のように言ってた。それだもんだから、おゆめさんを下手人に仕立てて、みずえを殺す話には一も二もなく乗ってきた。その後、お蓮を殺したのはあいつの金使いの荒さに嫌気がさしたのではなく、はじめからそのつもりだったからさ。お蓮を殺す場に例の物乞いのそっくり女を呼んで、帯締めで絞め殺して、下手人はそろそろ打ち首になってるはずのおゆめさんの霊のように見せかけ、実は押し込みの仕業だったたってえオチはなかなかだと思ったんだがな」

しかし、それまでの饒舌《じょうぜつ》さはどこへやら、この後、余吉は死にたくない、死にたくないと五十回ほど繰り返して喉《のど》を嗄《か》らした。

絞め殺された物乞い女の骸は釜屋の裏手のカエデの木の下に埋められていた。この手の骸は市中に幾つか設けられている無縁塚に葬られるのが常ではあったが、この結末を方忠から聞いた浦路は、

「これぞ、姫様の厄を代わりに背負ってくれた者ぞ。手厚く弔わねば将軍家にまた禍が及ぶ」

その骸の縁者と偽って受け取り、歴代の御中臈《おちゅうろう》以上や総取締役が眠る墓所の片隅に丁寧に葬った。

こうしてゆめ姫は藤尾と共に夢治療処に戻ることができた。

帰ってすぐ見た夢では母お菊の方があの黒く大きな犬を伴っていた。

〝まあ、生母上様の犬だったのですね〟

次に場面が変わり、光月の店先で小さな黒い犬と遊ぶ女の子が見えた。

〝生母上様が幼き頃から飼われていた犬なのですね〟

お菊の方が頷いた。

〝生母上様はどなたにもお優しかったと聞いていますから、犬もさぞや可愛がられたのでしょうね。犬は利口だと言いますから、生母上様の気持ちも通じたのでしょうね。ですから、そちらで再び会ったその黒い犬は生母上様の心配事を何とかしようと懸命に働いたのでしょう。まるで人のようです〟

と、お菊の方の姿が消え、慈愛に満ち満ちた目でゆめ姫をみつめる黒い大きな犬一匹だけになった。

〝おまえは生母上様にもなれるのね〟

思わず話しかけると、黒い犬はワンとうれしそうに鳴き、姫は目を覚ました。

この話を藤尾に告げると、

「素敵なお話だとは思いますけど、黒い犬はご免です」

やや不快そうに言った。

「あら、なぜ？　あわやという時、助けてくれたではありませんか」

「それはそうですけど、殺されかけた相手が相手で、わたくし、つくづく男を見る目がないとわかって、このところ気分が落ち込むのです」

「わかるような気がします」

「やっぱり――」

「わらわもね、あれ以来、信二郎様がおいでにならないのは、市中に事件が起きていない証でよいことだと思おうとしているのです。信二郎様、あの一件でご自分を責めすぎていらっしゃるのよ、たぶん。それでここへは足が向かないのではないかしら。でも、それとあの犬のこととは関わりがありません。素直に感謝しましょう」

姫は瞑目《めいもく》して犬の姿を思い浮かべながら手を合わせ、藤尾もそれに倣った。

すると突然、かなり上質な打ち掛けを纏っているものの、どこか古色蒼然《こしょくそうぜん》とした様子で、見事な銀髪を一糸の乱れもなく、きっちりと結い上げている老婆《ろうば》が目の前に立った。

〝わらわは奥平信昌《おくだいらのぶまさ》の正室亀《かめ》、母は皆が築山殿と呼ぶ瀬名姫《せなひめ》、兄は徳川信康、父は言わずと知れた徳川家康公です。ゆめ殿、あなた様に母と兄の骸を借りて、許婚者徳川慶斉殿の難儀をあなた様の母上、お菊の方とお報せいたしました。これについて、一言、申しあげたきことがございましてお目にかからせていただきました〟

〝あれはまことに有り難きお報せでございました〟

〝わらわは実の母と兄を父に殺されたとされて、父に恨みを抱く女子のように言われてきていますが間違いです。母も兄もわらわも父を少しも憎んではおりません。ただただ徳川の治世が続くことも祈ってまいりました。このわらわは事故を装って、家臣に弑《しい》されかねなかった異母弟秀忠《ひでただ》殿の難儀もお救いいたしました。それもあって、最高位に立つ者はいつ、どこで、どんな形でも足もとをすくわれかねないのだということを、一言お伝えしたかったのです。どうか、あなた様、並びに慶斉様、お二人ともくれぐれもご注意なさいますように――。人生は短く、はかないもの、そしてまた命あってのものだね、せめてわら

わ、亀のように生きませよ〃

そう告げられて束《つか》の間《ま》の夢は終わった。

——築山殿とそのお血筋が徳川に恨みを残しているのではなく、支えとなられようとしているとわかってよかった——

ゆめ姫は信康の骸を借りて疱瘡《ほうそう》の瘡《かさ》だらけになっていた慶斉を思い出して、今更のように安堵した。その一方、

——亀姫様がわらわに伝えたいことがあったように、わらわにも生母上様にお尋ねしそびれていたことがある。今回、わらわ似の者は物乞いだったとわかった。だとすると、浦路が洩らしたわらわの双子の妹はいったい、どこで何をしているのだろう？　生きているの？　生母上様と父上様、両方の血を引くたった一人の身内だというのに——。もしや、あの物乞いはあそこまで身を落としたわらわの妹では？　それで骸を大奥女中たちの墓所に引き取ったのでは？——

双子の妹にまつわる曰《いわ》く言い難い想いがこみ上げてきていた。

本書は、時代小説文庫（ハルキ文庫）の書き下ろし作品です。

時代小説文庫
わ 1-50

悪夢《あくむ》の絆《きずな》 ゆめ姫事件帖《ひめじけんちょう》

著者 和田《わだ》はつ子《こ》

2019年9月18日第一刷発行

発行者 角川春樹

発行所 株式会社 角川春樹事務所
〒102-0074 東京都千代田区九段南2-1-30 イタリア文化会館

電話 03(3263)5247[編集] 03(3263)5881[営業]

印刷・製本 中央精版印刷株式会社

フォーマット・デザイン＆シンボルマーク 芦澤泰偉

ISBN978-4-7584-4292-3 C0193

http://www.kadokawaharuki.co.jp/[営業]
fanmail@kadokawaharuki.co.jp[編集] ご意見・ご感想をお寄せください。